U0932533

譬若檐滴

朱婧——著

译林出版社

图书在版编目（CIP）数据
譬若檐滴 / 朱婧著. —南京：译林出版社，2019.10
ISBN 978-7-5447-7950-0

Ⅰ.①譬… Ⅱ.①朱… Ⅲ.①短篇小说 - 小说集 - 中国 - 当代 Ⅳ.①I247.7

中国版本图书馆 CIP 数据核字（2019）第 176522 号

譬若檐滴　朱　婧 / 著

责任编辑　周　璇
装帧设计　胡　苨
封面绘图　昔　酒
校　　对　王　敏
责任印制　颜　亮

出版发行　译林出版社
地　　址　南京市湖南路 1 号 A 楼
邮　　箱　yilin@yilin.com
网　　址　www.yilin.com
市场热线　025-86633278
排　　版　南京展望文化发展有限公司
印　　刷　苏州市越洋印刷有限公司
开　　本　850 毫米 × 1168 毫米　1/32
印　　张　8
插　　页　4
版　　次　2019 年 10 月第 1 版　2019 年 10 月第 1 次印刷
书　　号　ISBN 978-7-5447-7950-0
定　　价　39.00 元

我的心就如同这张面庞
一半纯白，一半阴影
我可以选择让你看见
也可以选择坚持不让你看见
世界像个巨大的马戏团
它让你兴奋，却让我惶恐

——查理·卓别林

目录

1 水中的奥菲利亚
23 安第斯山的青蛙
45 那只狗它要去安徽
65 天使的救济
79 天宝
99 殷公子的爱情
117 消失的光年
143 譬若檐滴
155 经济学家的爱情
175 连生
189 云上的孩子
209 猫戏
225 一日与永恒

247 后记

水中的奥菲利亚

蟹儿怯，她谨慎逡巡的形态在人群里突兀。他看到光影里她露了身影，转瞬又不见；他看到片刻画面中，她衣角掀起的波澜；他知她不单单儿怯他，她怯人。蟹儿柔，她隐得深。他需要很大的耐心，铺就一条获取的通道，获得丰富的回报——卸下既坚硬又薄脆的壳后，看见的是鲜嫩丰富的内在和令人心颤的柔软。

这几乎是他人生最后的机会了，看到珍贵，或者纯粹。他依然眼内有翳，渴望庸常。在这一刻，他无比像一个真实的老人，虚弱空洞，肉身和灵魂，瞬间风干。

瞬间会失魂。失魂时，他会问蟹儿："你会同我离开，同我走么？"

"走去哪儿？"

"随便去哪儿，无论去哪儿，跟随我，去一个谁也不认识处。"

"然后呢？"

"去做乞丐。"

蟹儿的眼神里转动过真情实意的恐惧。她总那么天真。

"蟹儿你会同我走么？"

她只静默没有回音。她目光落在细纱窗帘后面，碧阔的湖水安静。

窗帘后是湖，湖上有天鹅。那种生物，水面之上，是极优雅且美的，细长脖颈，矜持不过，臃肿的笨重的臀掌皆藏于水下，夺食时的情态更触目惊心。他尤其对这种生物充满厌恶。他觉得不该有如此表里不一的生物，又怕其实是揽镜自观。

蟹儿若做了乞儿，该很可爱吧。雪一般的面孔上有一些黑污，褴褛酸臭的衣衫里是翠玉白菜一般的洁净的身。眼蒙了雾，雾凝成水，路过的人怎么忍心不流连、不给予。

“蟹儿，我们同去做乞儿，你是小乞儿，我是老乞儿，你来养活我，可好？”

蟹儿不响，魂魄飞过了湖，飞过了山。

翠玉白菜上栖着螽斯和蝗虫，多子富贵，绵延万世，此为永生。他用唇数过她的额头，数过她的鼻尖，也做痴想妄念。

“蟹儿，你会给我生一个孩子么？”

“啊？”她眼神转过更大的真心实意的恐惧。

他笑，自我安慰，自我掩饰，无穷无尽的失落也要用不惊遮掩过去。

“若生养一个孩子，我们三个做乞丐，我是老乞丐，你是小乞丐，他是小小乞丐。”

“你真的这么想做乞丐？”

他继续笑，失魂落魄，心内空洞无物。

那天鹅近了丽达，如此的美不属于人间，它自要去攫取，浓郁的阴影迫近。她的舞蹈老师说她有很好的脖颈，很好的手臂。她喊着节拍让她跟住，她温柔坚定地让动作离最好更接近一点。她告诉她一直跳下去，保持跳舞的女孩会幸运。

舞吧！舞吧！我的玩偶
步子必须跳得合乎节奏
伸出一只脚，请你站好

样子要显得可爱和苗条
一弯，一扭，向后一转
这就使你变得非常康健
这个样儿真是极端美丽

新父亲的生日宴的开场，是她的舞蹈。她不是专业的舞者，她是合适的表演者。音乐响起，是吕利的幕间短芭蕾，愉快轻松欢悦。她像坚定的锡兵爱慕的纸造的舞蹈女孩，无尽地舞蹈，无尽地旋转。思想和灵魂逃逸，她只需要舞蹈，动作成为身体的本能，如所有天生的美，她以存在证明自在。阴影迫近，天神羽化的宠幸，史书的败壁颓垣、城楼焚毁，传奇的开端也是悲剧的伏笔。美的命运离幸运和灾难，哪一种更加接近？

上一次，有人问："你能不能留下来？"上一次，有人问："你想不想，和我生一个孩子？"是哪一年？那一年是二十年前，还是更久以前？

仓皇如出逃一般的日子，在失意的地方，回去了远方的家，生相体面且爱好体面的妻子，自然不能容他这般的回返。几次争吵，他又仓皇离家，登上火车。他裹紧颜色破败、经久未洗的外套，目无旁视，只陷入一场又一场睡眠。火车行在北方全无风景的辽阔土地上，似可以永无尽头地行驶下去。他几乎忘记身在哪里，经过哪里，又去向哪里。骄子的高贵心灵，不过被现实扇数个巴掌，迫使清醒。曾被许诺的正义光明，不过是需要在适当的时机低首垂目的大同风景。

他记得雨后湿气蒙蒙的夜晚，他从自修室回返宿舍的路上，看到她在前面踟蹰的步伐。他喊住她，她全无听到。他追上前，看见她素白的面孔，不真实得像瓷造的像。水汽湿了她的面孔和乌木的发。她额前的几缕胎发卷贴在脸孔上，他几次想伸手去替她梳理齐整，却又几次不敢。她对并不算熟悉的他露出恍惚的笑，是教养周到的本能反应，那朵笑容像从长入云端的树木深处落下，他接不住、摸不着。她是以前三名的成绩考入学校的优等生，家世清白的女儿家，她顺遂平安的人生正书写着灿烂光华的未来前景。她同他走在这雨月迷蒙的夜，那一段路，他多希望能够走得更久一点。

只隔了两天他就知道了她死去的消息。博士在读的他，兼了本科生的几次课程，与她所在的班级熟悉一些，因此参与了处理过程，见到他此生都不能忘记的惨景。人群中几乎不存在秘密，这就是人类世代生存的方式。多人片段的陈述，很容易拼组成故事的全貌。学院内炙手可热的教授，以老师的温良面目接近，轻而易举地诱捕她，并用了强力获取，胁迫一段不伦关系的继续，甚至当作自己魅力的资本再行物色新的猎物，他同新的追逐对象讥嘲她的痴缠，把她轻易放在他人的冷眼冷言中。当面对着流言和风险时，他轻松推她出来，说她是病态迷恋他的臆想症患者。

他进到系主任的办公室理论，持重的老者只觉得他不懂事，告诉他，这是非常时期。学校作为国内首重学府，正值百年寿诞之际，学院上下唯一要务不过是做好校庆事宜，莫出差池。

“我不分管这件事情。学生家长去纪律检查委员会申诉，自然会有结论。”

“同学们诸多议论，稍微问询就知真相。现在大家多有愤懑不平，难道不予交代？”

“我认为去多听学生感受，也是很重要的，但纪律检查委员会调查结论。”

“事情出在学院。学院出面调查清楚，保护自己的学生，难道不是正义？”

“我没有参加调查，也没有人向我汇报任何事情，大家都很忙，百年校庆是很大的事。”

“您没有给这个学生上过课吗？您教授他们古代文学，您不记得那个女学生了吗？学生说课上您常让她背诵而她从不出错，每月的抄写你赞过她字迹最工整，那样的孩子那样的死法，您真的不打算做些什么吗？”

老者沉默片刻。“我不好说什么话。”

愤怒之下，他将主张正义的一纸告发信投递到主管的教育部门，并以知情同学联合署名作为证明。这告发信却被静悄悄送回了学校。那些证人，一个一个被说服，更改了态度，直道误会。他惊诧众人面对事实的黑白颠倒、翻掌是非，硬着脖颈挺着头颅绝不妥协，终被系主任停学赶回老家。人未到，电话已至，让他的家属劝说他低头，学位不易，前途攸关，莫要自毁。他以为会在妻子那里获得理解，不过得到一句“你要么回学校，要么离开家”。她怀抱两岁幼儿，而两人的命运前程，皆赌在他的身上，不容有失。

他也曾见过妻子青春动人的无忧面孔，感受过妻子纯净的心灵，如今她却可以对如她一般曾经青春动人的无忧女性遭遇的厄运如无关己、视而不见。她甚至怀疑，痛斥他过分的同情里是否藏有私心。

昨日还在身边的生动的人，雪一般的面孔，花一般的笑容，突然就说因为抑郁自沉了湖。她像躺在水里的奥菲利亚，永恒的美就停在了此刻，在生物分解带来的衰败来临之前，被发现、被捞起，像是沉睡，湿漉漉的沉睡。她被发现的湖里，有两只天鹅没心没肺地游弋，它们没有一只，以它们喑哑难听的叫声，在她坠落之际发出一声向世人的警示。它们如此平和、优雅地见证一桩美的消亡，像充满了嫉妒的阴谋者，甚至洋洋得意地游走。

她那般怯，那般美。若她的美受了损害，她只会以为自己不洁，她只能选择让自己得到最终平安的方式。他知道这一切的原委，他没法不愤怒，他没法不发声。众人讳莫如深，众人当他是怪人，好心人劝他人死不能复生，何必滋生事端？他不能见容于此地，他登上火车，他踏上归程，他被赶出家门，无路可走，穷途末路。

如果一列火车可以没有尽头地行驶下去，如果一个人可以不用思考地生活下去，那是否是一种幸运？

身边的那个人，不知道在他身边坐了多久。她碰他衣袖时，他才转动眼睛当她是一个活物看待，他才开始勉强与真实世界连接。她一定坐了足够久，久到足够看到他睡了多久，不言不食了多久。她推动他，她递送他白馒头与铝制茶杯装的热水。长久的不食只让他对食物恶心，水却总能让人活。润了喉咙，湿了嘴唇，开始了语言交流。她问他：“你去哪里？”

“没地方去。”

“跟我走？我快下车了。”

他看了看那个灰头土脸看不出样貌、深秋阴冷天气里衣衫重重看不出身形的女子。

再行驶了半天，在一个破旧的小站，火车停下，他们下车。彼时晚间七八点钟光景，一色的北方天空有稀少的星星、冰凉的月牙。他后来无数次回想，却始终想不起那一站的名称，似乎理性先行作用于记忆，要抹去这一切的痕迹，因此他更没有勇力往回走，去寻找。

他穿着如一个乞丐一般，却和另一个乞丐一般的女子，萍水相逢，然后相互搀扶着，深一脚、浅一脚，走在漫无边际的戈壁沙砾路上。星空之下，他只同她义无反顾地走。他这一生，从未如此即使不知答案，也无所畏惧。

此去无有前路，无有归路。与那个萍水相逢的女性不知道搀扶着走了多久，他们来到了她的住处。一个年轻的女性独自一人的居所，破败、肮脏、凌乱，来自他全无认知的生活的一个面向。他清楚知道他和她在现实人生中隔着的山重水远，但此刻，他却同她在此处。他已经不再惧怕人生多出意外的旁枝，或者新鲜污点。她清洗干净，靠近他的身体，他不曾知道在破烂的衣衫里藏着如此完美饱满的身体。她是最健美的灵兽。不是雨月迷蒙中的幻乐，也不是野鬼狐仙的传奇，她的温软触感和陌生体息，都清晰提示他某种真实的降临。

少年插队乡间时，曾听过农人用鄙俗的话语描述性事逸闻。他彼时以清白之身，既常于睡前的冥思中做各种想象来释解，同时也常为肉身的软弱羞耻至深。欲念过分抑制和自然萌动之间的焦灼对抗，贯穿了他最早关于性的启蒙和认知。既极其神秘，又极其羞耻，这样的概念，不只是他一人甚至是一代人的共知，因而生成的微妙的控制关系在两性之间自然地发生——正视欲念是可耻的，而放纵欲念几乎是邪恶的。

即使也曾为妻子的青春娇美几回旖旎梦醒，亲密时却是怀有爱敬，举止和言语未敢过于放肆，好似放肆也是冒犯。比起肉身的交缠忘神，更多是一种仪式，一种特有的古老仪式：由契约宣定的合理甚至责任，身体与欲念被要求投射在合适的对象身上并以合理的方式。妻子惯有的紧张的表情，闭目蹙眉，提醒他无法脱离的耻感与克制。即使与妻子已经生育了孩子，他也未见过她天然所生的、完全裸露的身体。这样的克制也决定了他们关系中的部分内容：他始终是有求于她的，她是满足甚至施舍他本能的贪欲，她有神性他却是凡俗的。

他清楚知晓身下这个女性的全然不同，似是惊醒也似是顿悟。她没有拘束，只有身体的袒露和欲望的坦诚。她的眼睛灼灼看着他似天上的星星，她的热息在他的耳畔呢喃。当她翻身坐到他的身体之上，银色的月光给她的周身洒满了鳞片——她是银子做的灵兽。她穿云破雾，她行云施雨，她引他去的不是人间，而是仙境：穷途末路在此处洞开了世外天地，破屋旧宅成了高楼琼宇，仙乐飘飘之中，一切幻化变形。如宇宙洪荒生命初生的形态缠绕贴合着他的女性，似为他而生，生命只在此处葳蕤。

他停留了几天？大概两天，不超过三天，却又似乎更短暂。

记忆中最多的内容，是在那破败晦暗的室内，几近沉醉地痴缠。没有世界，没有光阴，世界大不过一间破屋。

最忘情时，她问过他："给我一个孩子好么？""我知道你会走，留给我一个孩子好么？"他当时怎么回答她的呢？这世界上，那一个人还在么？甚至，这世界是否还存在着一个他的孩子？他是无法知道的。

始终，他不知道她的姓名，不知道她的身份，不知道在那样的年岁她作为一个年轻女性独自生活的缘由和赖以生存的方式。她源源不断的热情让他痴醉亦让他恐惧，她向他打开的是一个完全未知的世界，是他于真实与虚构之间跌落的空间。黄粱一梦总会醒，而激醒自己的是现实的骨血相连的羁绊。

离开是同来时差不多的夜晚。他踏上来时的路回去，她执意送他，一路不响，只余风声和两人愈走愈加沉重的呼吸声。相互依偎团在车站，面前的煤炉不熄的微火、水壶口冒着的袅袅热气、煤炭燃着的微酸气味和着她的体息混合成为一种意味深长。这一刻，他们像真正的亲人或者知己。这一刻，他若有一刻决心留下，他们或许会有一种生生世世，和另一个世界的生生世世有所不同的一种。两个自然天命所生的人、两个乞儿，被抛掷在世界的边界，必须彼此相依。

等到唯一的那班火车经过，他上去火车，她伫在站台看他。看不清表情，他只看到她逐渐远去，逐渐融入青灰色粗粝质感的夜幕，再认真回想她的面孔时，居然已经是一片模糊。但是，如果给他一片黑暗，让他的手指触碰她的皮肤，他会无比熟悉她身体的起伏走向、幽暗里轮廓和隐秘的肌理触感，像熟悉梦里桃源的山川河流。

他踏上的是回家的路。他体面的妻子陪他返回学校，去与重要的人物面谈。妻子动人的面孔，点点的泪光，以精妙的情绪节奏安置语言，适时地提出要求，使他获得了学校的宽容和不记入档案的承诺。

他见到妻子的力量与决心，也第一次感觉到了他与她的一种真实的联系。这也几乎是他们一生的定义：他为她提供在外部世界的工具性的实用，那是她力不能及的部分；她以身份要求一种合理，而在精神上他永远不能逃逸。那一刻，他清楚理解，她才是强大的那一个。后来经年的婚姻生活，他即使愤怒甚至怨毒，但也如此倚赖、惧怕，无法逾越他和她之间的落差——她始终可以在高处看待他，一如当年看到他强直之下的冒失、无能、懦弱和终究的颓败。

从此以后的人生，他再无偏离。他给妻子和儿子带来了许愿里的未来，光明体面的人生。

他遇到的蟹儿，有着水中的奥菲利亚的面孔——他第一次见到的她，就是湿漉漉的。新生报到，她独自拎着行李来，汗水湿透了薄薄的衣衫，湿透了额发，顺着鬓边的几缕发滴滴落下来，连长而密的睫毛上都凝着汗珠。那样狼狈又那样干净的她在他面前站着，像是沉睡在水中的少女多年以后的还魂。是太像了？还是美的都是像的？

轻而易举地臣服于欲念，探出手去摘取初露的花朵，这过程居然毫不艰难。他失去了判断和自省的能力，甚至连一刻的停留和犹豫也没有。驱动他的并不是现实世界中的这个自己，而是尘封在过往岁月中的那一个并没有被遗忘，也并没有衰老的自己。

新鲜日光下，他伸出手，攀上蟹儿的面孔。他手上有年岁所积聚的斑驳痕迹，团团乌色如淡墨在手面、臂膀和脸孔上晕染开。这手掌下、这臂弯内、这脸孔旁，常常栖着蟹儿初雪一般洁净的肌肤。 他听到他的每个毛孔发出的深切太息，既如此渴望又如此恐惧。

半百，人生过半，知天命，以为后来就是死心塌地，终得平安。二十年前的决定，注定赢得或者是输掉的半生，让他到达这里；二十年前未竟的梦，他并没有想到过，会在蟹儿这里接续。不是因为她足够美，他见过太多美与诱惑；不是因为自己足够强大，他无论多强大也从没有战胜过心中懦弱。苍老来得太快，让人惊心。他常觉得自己总比别人更容易老——老是一种服气，不争不斗下的愿赌服输；他比常人容易服气，因为二十年前他早已服气了。他换一种姿态看待他人积极生存的方式，对那些健身的、养生的同龄人，他常略带着嘲讽去看待。既知道世人的势利精明和无孔不入的打探掂量，内心即使服气无力，表面却必须撑住，无论外表、言谈、处事。他见过真正强者的样子，比如自己的妻子，她长成了一尊观音——如偶像一般不会衰败的容颜模样、绝不出错的言谈和合乎身份的举止。前一刻，她能用滚开的水浇死他多费了用心的花木，仅为他未在她要求的时间完成家庭的琐事；后一刻，在必须同场的宴会，她止住他的过多的举杯，为他代劳饮下，一杯再一杯。她可以一次次在众人面前，明朗笑谈他们的青春过往：他如何笨拙地求娶她，她如何为他的憨直感动，他们如何在两地分居中坚持，如何踏实努力直至家庭团聚……她说的，都是真实的，都是他人生前史的具体。然后，变成了烙印，变成了枷锁，变成了嘲讽，变成了折磨。从抒情诗和咏叹调，从翩飞的词语和音符，变成了漫长的对账单上的数字——她把时间和情感量化，告知他可以提取的额度，或者所欠的债务。即使对她的凉薄冷漠和纯熟的生存技能再清晰，他也知道，即使自己的命运不比更多人好，但也绝不比更多人坏。自己选择了成为想生存的世界的部分，裁剪去了多余的灵魂，让自己成为拼图的一块，和利益与共的一切，共同拼组成一幅盛大图景。更何况，生活细节里的满足那么真实：地位身份与相应的优待尊重、经济的从容、生活的舒适、一张昂贵的软硬合度的床、一餐用料考究良厨烹制的美食，在享用时的快乐都是如此具体，肉身的要求从来真实而难于谎言。

可是，面着蟹儿，他忘记了早已规避的危险。她既是纯洁也是蛊惑。她如何知道，她无法知道，就像所有的忘年恋故事，他们中间隔着漫长的无法共度的岁月和无法共同成长的精神。他再赤诚地去倾诉，于她也不过是老套的猎捕方式中的一种。语言是蜘蛛结成的网，是猎捕灵兽的牢笼，她只看到他眼中的情欲和志在必得的决心。她看他并不比任何一个不合适的追求者更真纯、更高尚。所能无限接近的，至多是肉身。艰苦而坚定的捕获，所带来的肉身的回报，是如此丰美，恰如所愿又超越所愿。他知道了人为什么惧怕衰老和死亡——人们品尝过的滋味、泅渡过的爱欲的河流、如繁盛的树木的叶片丰茂而自由创造的语言和人们深藏的恐惧，均会镌刻在肉身上共同消亡。多数人带着无知去完结的、敷衍的苍白的生，他庆幸在此刻停住。

她是水中的奥菲利亚还魂，拥有真正不朽的面孔和心灵，不是防腐剂和裹尸布下的完整金身与腐败阴灵。他叩谢命运，他感激妄念。他想再有一次选择的机会，抵抗时间和衰老甚至死亡，回到二十年前的那列火车，携着他的蟹儿，去流浪，去做一个乞丐，去守护清洁的灵魂，去生养一个孩子，以有限的肉身、有涯的生命，去追问一个答案。

单亲的孩子，父母各自积极努力经营后半生的幸福可能。她有相似美貌的母亲，带着她来到新父亲的家庭，并迅速生下了弟弟，有了另一份完整。来到这个家的时候，她十二岁。继父有漂亮的大屋，新的家比原来的家美丽得多。继父待她不差，给她请英文老师，给她请舞蹈老师。只是继父亦是如此坦白直率，不只一次，在母亲的面前讲到她的头脑不好，请了各种老师学业也未见起色；讲她并不十分漂亮，是不如弟弟漂亮的，只是身段很好，跳舞是好的。她不知道应该感激继父的天性苛刻对她毫无幻想，因为这从另一种意义上也是她的一种平安；还是该惆怅，作为这个家庭多余的一个角色，她拿不到合适的剧本去出演。离开那个家去读大学的时候，她十八岁，弟弟六岁，是周正漂亮的小孩。一贯挑剔又神经质的继父，早搬离了那个漂亮的大屋——他换了一个城市，买了一片土地，建了新的事业，有了新的屋子。虽不确信有没有新的女性与他同住，但他没有离开她的母亲。他亦直率说过，因为那是他唯一的儿子的母亲，而且儿子还那么漂亮和聪明。她的亲生父亲早把她忘记了，她的继父居然还记得照料她。讲起来，不过是觉得她不够聪明，需要被照顾，不然终究是他的责任与负担。

她一个人去报到，彼时母亲正忙碌弟弟入学私立幼儿园的事情。弟弟是母亲后半生唯一的保障，她常见到母亲的战战兢兢，她未必不怜悯她。在报到处她见到了继父将她托付的人，即使一直被继父说成愚钝，她也感到了令人不安的事情在发生。

他同继父一般的年纪，他看待她，不是以一个父亲、一个长辈的直白坦然，也不是以一个好色之徒的单纯欲念。他在她身上游走的，是他自己都无知无觉的东西。一个人魂魄的一部分逃逸了，如痴如魔，似梦也似魇。那是一阵雾，或是一团墨，要将她卷挟逃离真实的世界。

不聪明，可能真的是不聪明。聪明总是太醒目，她不想被发现，被发现就会有被暴露的危险。在那个收费昂贵的寄宿学校，被知道是再婚带来的多余的孩子，并且仰仗继父的钱财生活，会让她没有勇气能在那班天命富贵的女孩中立足。不漂亮，宁愿不够漂亮。褪去衣衫，面对镜子里真实的身体，已经知道有一种离完美并不遥远的美，甚至看到过剩的蛊惑。她并不贪想更多。美会引起欲念，美会引发毁灭，她没有天命里的保护者，她只有自己而已。即使如此收敛，即使如此隐藏想保护自己，她被安排的保护者，仍不过是一个准备好了的掠夺者。

他是启蒙者，也是破坏者；他是守护者，也是圈禁者；他是骑士，也是猎手。他把她带入了最俗套剧情的一部分，甚至细节都无法呈现新意。他对她的所有爱意只能通过呈现“我能”来实现，人格平等的交流守望、共同成长和建设的公平，从一开始，对于他们就是不存在的，可是他并不能看到。他相信爱意足够强大纯粹即是真实，她却是新时代长大的青年，她更早懂得和接受这个世界运转的模式和规则。

学院的年末联欢会，学生们纷纷献技于前。蟹儿被要求担任独舞的角色，他坐在台下贵宾的位置。她为他舞蹈，她为他们舞蹈，像是少年时年年在继父的生日宴会上的表演。只要用肢体说话，她就没有畏惧。技艺成为身体的本能，每一个动作表情皆出于反复练习后的纯熟展览。她不需要思考，不需要语言，无尽地旋转，无尽地舞蹈。一直跳舞，保持优雅，不要出错，跳舞的女孩，会有好运。今日良宴会，令德唱高言。她是这个宴会或另一个宴会的装点，她是谁她如何思想并不重要，她只能由他人赋义。

同一栋建筑的楼上，宴会尚未终结时，他已经将她拖入房间的一片黑暗。她是黑暗中唯一的光，眼眸中有流动的萤。窗帘外时而有光影浮动过去，她突然翻越到他身上的盈白的身体一瞬间通透发光，多年前银子一般的灵兽，在这一刻与她融合一体，宣告以肉身作为纽带而紧紧联系的宿命。他惊骇，更痴醉，往黑暗的更深处坠落，身体在颤抖中渴求没有尽头的尽头。恍惚中想起幼时贪玩，家屋院落有几株桃树，白日布叶垂阴，夜间连枝接影，他有时爬上去过夜，在树上透过叶片观望星空。看了很久，身体渐渐不属于自己，他自穿梭于星辰之中，宵游达旦，极致快乐。

她惯常的无言，他以为是克制羞怯；云上的战栗，他以为是珍贵的奉献。他给她现金和漂亮的物件，他为她解决一切问题、一切烦忧。他是万能的，以他的能力照顾她确实轻而易举。而蟹儿建立的早已是新女性的认知，不存在奉献、掠夺和失去，至多是一种选择，可控的，或者顺势的，或者勉为其难的。作为一个女性，一个少有依傍的女性，在这个世界生存的方式，其实有限。沉默收敛的性情是为了规避风险，而绝不是为了逃避现实。她看他、透视他，看穿了藏在年龄、身份后面的，是一个躯体苍白、内心虚软的人。手指抚摸他柔软的、间了半数白发的头颅，斑驳的日光投射进房间，那些银白尤其耀眼，让她一时会有真实落泪的心情。

晨起拉开厚重的窗帘，面对着白色细纱后的窗户，窗外有湖，湖上有天鹅无知无觉地游弋。褪去黑暗中迷离的光晕，她看起来还是清白的年纪和形貌，像质地依旧纯正完整未受损害。她不是任何人前世和今生的镜像，她是血肉真实的人，她也只有一副躯体，一次人生。

“蟹儿，你会同我走么？”

“我不会。”

“蟹儿，你会同我做一个乞儿么？”

“我不会。”

“蟹儿，你会同我生养一个孩子么？”

“我不会。”

“我还没有在阳光下同一人挽手散步，我还没有穿上过白色礼服，我还没有体会过婴儿在胸前哺乳的甜蜜，那些我没有经验过的，我都想要。我很早就知道，那是我的归途。无论生活如何开启，无论命运把我抛掷在任何角落。”

灾难的来临，常常是意外，也是必然，比预想中突然得多，其实也平静得多。因为他在保送研究生的名额上，为蟹儿做了太明显的保障；因为蟹儿的几条微信被有心人看到、拍到，在网络时代迅速地被扩散、被举报。应和着某些大事件作为背景，他们的事情，成为大事件的一个注脚，其中最寻常不过的一个注脚。

蟹儿的反应，异常坦白。她向纪律检查委员会清楚报告了事情的开端和过程：他何时开始侵犯她；他们每一次见面的地点和细节；他为了笼络安抚她做的每一件事情，包括金钱的部分和逾规的部分。她长着标准的受害人面孔，有着标准的受害人神情：一些恍惚和一些羞耻。她陈述的，也是一种事实。继父在学院雷霆震怒的表演，更增加了某种真实。继父的愤怒也如此真实，就好像他从未觉察其中可能的危险，就好像自己美德的果实被玷污。她只是长久不语，以最合乎身份的方式。

她有时会想起，他会把她如幼儿般完整地护在怀抱，像在保护，像在施救；她有时，突然会伤感的部分是，她并没有成为他女儿的幸运，或者成为任何一个人真正的女儿的幸运。父亲失位的女儿，即使自己结起了保护的壳，如一只蟹，但其实，轻敲即碎。被爱上，有时多么愚蠢，多么多余。毫无对等的、无法连接的，无论多亲密、又如此遥远的是人的心啊。她渴望的不过一个父亲的爱护而已——不再有恐惧，可以坦然接受的、任性享有的、没有理由的爱护。

他常常会想起，刚入学不久时，一次偶遇她，她远远躲开的情景——她早察觉到了危险，如所有感觉灵敏的小兽。可是，他却更加要追上去。她无从知晓，她对于他，不是一次猎艳——她是他的命运。她可以轻易背叛他，她可以伤害他，她永远无法明白这一切是如何在久远之前就草蛇灰线地留下痕迹。

二十年后，他在流言和传闻里，成为二十年前他曾经唾弃和对抗的那一个人。事实上，他也确实做下了一样的行径。他知道自己绝不清白也毫无自以为的高尚，当初的正义和愤怒，未必不似妻子所说一般，怀有私心、并不纯正。只是蟹儿不会自沉，不会成为水中的奥菲利亚，曾经的潮湿会逐渐干燥，灵魂和身体里的湿气都一般升腾消失。蟹儿终究还是会成为万千面孔中的那一个，她老去时，也许会和他的妻子一般有着观音般不朽的面孔——她们都是能在现世安全活下去的那一类女性。他知道她会依旧美丽，却终将黯淡。黑暗中星一样的眼睛，萤一般的光，都不再会属于她。上帝之灵被世俗之心淬灭、玷染与蛊惑，世俗之心被上帝之灵悬吊、胁迫与暗示，那些令人惊叹的力量终将消逝。水中的奥菲利亚和火车上的精怪，她们只能成为游魂，永无归途，被掠夺、被抛下、被放弃。

他的妻子，在最难堪最危险的时刻，反而如此祥和。她带着圣光向他伸出手，她以孩子母亲的名义，表示宽恕他，要再一次地帮助他，要以一己之身的神力再一次挽救家庭。可是，这一次他只能抱歉，只能拒绝。他从没有像此时一般，面对她时如此平等，也无困惑，真正自由，再无羞赧。他不能以平常的方式，以处理一次婚姻意外的方式，去躲避、去贪生、去精致体面地残忍。

再一次，买上一张绿皮车票，踏上火车。他去往的方向，是他早已经忘记了站名的那条路线。没有前途，亦没有归处，穷途末路。他要做他早该做的事，做一个乞儿，寻一个孩子，或者，把生命留在这里——这是他最后的安详。

安第斯山的青蛙

当他步出机场的时候，墨蓝色的大团云朵飘浮在空中，绯红的落日色泽正似巫女桔梗的红裙，这一切美得让人落泪。

从百度地图找到公司所订酒店的位置，规划好路线，搭上地铁，在车厢找到靠近不会开启的那一侧车门的位置把自己安放好。习惯出差的他行李简单，一个二十寸箱子和一只背包。在公共交通工具上，他总是尽量让自己不过多侵占空间。正值上下班的高峰，地铁离开机场附近路段，渐见拥挤，他和他的行李逐渐被挤压到无法再挪动。他把行李箱放在车厢门前，自己面对车厢门，他的背包在他和其他人之间形成最后一道可靠屏障。随着拥挤程度的增加，他的背包愈加紧紧贴在他的身上，隔着一层薄薄的衣料，它略带粗糙的尼龙质感让他的肌理感受分明，体温的传导让它几乎成为他的身体的一部分。背包的分量已经在他的肩部压出深深的沟壑，就在几乎到达忍耐极限时，地铁抵达了站台，他被人群的洪流卷下了车厢。

酒店所在的是这繁华都市闹中取静的一处，名字起得优美，唤作甜爱路。他拖着行李箱一路向前走，看到路边的水泥墙面上，有诸多情侣们留下的书写印记。这无甚特别的城市道路仅仅因为一个甜蜜的名字就唤起了一种热烈的追捧，他有时惊叹世人的天真。说起来他虽一直对神秘学领域持悬置态度，但涉及抽签之类的事情却意外地积极。他在手机上下载了每日可测凶吉的APP，逢遇出差日习惯测一下。此行已经第三天，辗转至第二个城市，每日都是中吉。他自己大概也有预感，总觉有悬而不明之事在心头，无法化解，稍做动作如猫爪在浓雾中的试探，这预感总使他分外醒惕。

酒店的大堂里飘着似有若无的暗香与音乐，浅褐色调的大堂精致但并不堂皇，服务人员的妆容和笑容都专业而精准。他们用职业化的目光扫描这个宁静的夏日午后到来的新客。他白皙平淡的面孔、瘦削的体形、微微驼背的身姿、行走时没有旁视的目光和收敛的肢体语言为他与外部环境之间划出了一道安全的屏障，而他们自觉地避免了过多的主动服务，以尊重他所希望的空间。很快就办理好了入住，他步入了电梯时，却骇了一下——电梯内部被布置成鸟笼形态，棱角镜面玻璃制造的繁复空间拉伸效果使他如同步入一列车厢，车厢内可以见到千万个在鸟笼中的他。这些复刻的他让他陌生而惶然，这里竟然没有一处可以让他安放隐私的角落。好在电梯内的光线黯淡，稍稍让这令人难忍的暴露不显如此难堪。楼层到达后，他快步逃离了这诡异的空间。

步入同是浅褐色调的房间，打开背包，拿出电脑整理第二日工作的相关内容，关机，洗澡，早早躺在白色床单上准备入睡。这偌大空间里，很多东西显得多余：精致如玩物的茶具、带有三种按摩功能的浴缸、泵压式胶囊咖啡机以及没有被拉开过的厚重窗帘后面夜色里面貌分外美妙的城市。这个时刻，一定有人在机场、在火车站。第一次落在这个城市地面的人，看着她似乎永不落幕的绚烂灯火燃起幻想，似她可许诺一种同样绚烂的未来。

他想起小仙女说过的话，关于这座城市的话。大学时候她常常带着向往说："若以后能去 H 市生活是多么好。"小仙女出生在一座 H 市辐射范围内的小县城。在她幼时建立的概念里，最让周围孩子羡慕的是去过 H 市的孩子，最有本事的父母是在 H 市工作的父母，而那些人从 H 市带回来的每样东西都是可爱的。而很奇怪的一件事情是，明明地理上并不遥远的地方、人们常常挂在嘴边的地方，却少有人真正去往，虽然他们甚至会选择去往更远的地方。小仙女到读大学也没有去过 H 市。直到大三，她说她想考 H 市的学校读研，想先去看看她想读的那所学校。她果然买了一张票就去了。后来，这次出行其实未能达成她最早的目标。她回到学校，依然是那个散漫得有点漫不经心的小仙女。她上课依然神游天外，自修的一半时间在反复检查自己的文具。考研的报名虽然报了，但是连考场都没有去。小仙女做过唯一果断的事情是买了一张火车票去了 H 市，她在那里著名的商品街为他买了一只名牌背包。随着年纪渐长、阅历渐深，在商业文明资讯的侵染之下他多少对品牌建立了概念和认识，也知晓了这只背包是最常见的仿造品中的一只。但是，这丝毫不影响他对它的珍视。那只背包替下了跟随他多年的老旧书包，安妥地贴紧他的脊背，开启了另一段长久的陪伴。

这背包是黑色的，三层分袋，拉链头上有品牌的红色十字标志。那一点红色像一些微光照亮它黯淡的身躯，如豹的眼睛转动起来然后生动了形象：它突然就从城市最耀眼的购物中心的外墙广告上跳跃下来，不再做奢价珠宝的装点；它获了自由，奔跑在灯光流动的都市车流。

从豹的梦境里醒来，按下按钮，窗帘安静打开。洗漱完毕，吃完早餐，背上背包，汇入人群，踏入地铁的车厢。又是一天的开始，面貌依旧相似。日光之下，几无新事。同样相似的，还有 APP 反馈给他的“中吉”。这两个字，像小小的鼓点，敲打在他的心上，有什么内容似在预警。又一次躲避在车厢的角落，又一次被人群挤压。这天地铁的空调温度格外低，作为半个业内人士他很清楚这个季节的标准温度应该调控在二十六度，而现实情况远非如此。他一边焦虑于专业向的标准失调，一边被这犹如冷库的车厢环境迫得几乎寒战。他的背包如一块巨大的冰冷铅块，紧贴他的皮肉，肩部的重量拉扯得他几乎要跌入如同酒店电梯的深暗无尽之海。再一次拯救他的依然是地铁的到站播报，他还没有等到第二种语言播完就冲下了车厢，解下背包，坐在站台旁的椅子上，感到鬓发被冰冷的汗水濡湿。经年的出差生活和居食不安对身体的蚕食，已经在近年渐渐显现。像他这样进公司近十年的资深员工，已经很少还在频繁出差了。业内的默认规矩，最多做到五年，积累了相对丰裕的金钱回报后，转一个轻松一些的管理岗位，较少出差、建立家庭、安稳生活。这原也是他的计划和愿望，这愿望里的内容，当然还有小仙女。大四毕业，生性懒散的小仙女果然没有去处，工作无定，考研无望。在毕业的城市找到非常理想的工作的他，对未来抱有信心，自然是非常期待她能够留下。然而，俗套而必然的是，小县城里出生的小仙女的父母如同大多数普通家长一样抱有一般性的想法，希望他们的女儿回去老家。以她的样貌和学历，在老家很容易获得理想婚姻。他们很快以断了金钱的支持作为无声的要挟，小仙女自然是回去了。她天真且爱娇，境界狭窄，并不懂得与生活顽抗。

他并没有一丝抱怨她。她笑容似花瓣，心地似白雪。况且两人当时关系并未分明，他们比朋友深挚，却恋人未满。她喜欢赖着他，不过是因为出乎意料地认可他的有趣。是什么时候开始的呢？似乎是某次一起走在昏黄路灯下回宿舍的路上，他和她行在迷蒙的光晕里，他和她讲起杰拉尔德·唐纳森的《青蛙》中所讲的关于骑青蛙翻越安第斯山的故事。

1970年，丹麦人克努兹·斯文森挑战了世界首次的翻越安第斯山脉的青蛙队的记录。他的日记中如此描绘了这次旅程：

1月19日　远征队出发的日子延后了三天。为什么呢？因为我一坐上去，青蛙就被压扁了。在找到其他青蛙之前，只能在这个太平洋沿岸的酷暑城市伊基克继续等待。

1月21日　适合出发的好天气。阳光很灼热，但东北风很强，感觉很凉爽。和负责挑行李的挑夫们也谈妥了运费的问题，一切准备就绪。尽管如此，当我往青蛙背上骑时，还是把它们给压扁了。

1月27日　我终于明白即使东西再轻，青蛙也是无法搬运的。昨晚，我试图把行李放在青蛙的背上，七八只青蛙马上就被压扁了。

1月28日　今天我们终于从伊基克的市中心出发，前往玻利维亚的圣克鲁兹，展开这趟五百公里的旅程。所有的青蛙都没有背任何行李，并且一开始就以猛烈的速度向前跳。但是不到十码时就撞上了墙壁，失去了方向感。

他看着她笑得眼泪要出来的样子，不惮笑容太大显露面貌上唯一的瑕疵——露出牙肉。他从她的笑容里看到了自己七十年以后的生活。若还能活到七十年以后，一定是要和这个女孩一起生活才可以吧。他几乎能想象到他们会有多么默契，他们会拥有多少秘密暗语，只消一个字、一个动作彼此就能心领神会的那种心灵通道他们可以轻易建立。

大学时期的他缺乏同类，因为他难以培养能让他融入多数人集体生活中的那些技能，比如熟悉一项体育运动，或者一种娱乐活动。多数时候，他背着从中学时代就陪伴他的、陈旧得连原先的颜色都不能被清楚辨认的书包，穿梭在食堂、教室和宿舍之间。在图书馆消耗的时间如此漫长，以致他几乎可以闭目走到他所想要去的那本书面前，以致他会去翻阅那些好像几个世纪也没有被人翻阅过的书。每天晚上回到宿舍，推开宿舍门，里面瞬间凝住的欢声笑语是令人难堪的，仿佛他是不受欢迎的闯入者。他的床铺在他不在的时候甚至都不会被人随意地借坐一下，床单平整异常而不会留下某个带有温度的臀部印记，仿佛怕被染上某一种菌。这样的他，在这样一个偶然的、与小仙女同行的夜晚，获得了她如此明媚的笑容，这笑容也打开了生活的另一种可能。

大学时期的她是不那么耀眼却倍受喜爱的那种女孩，无论样貌性情都很妥帖。女生们若在课间想去卫生间，多数爱拖着她的手一起去；即使再挑剔的男生在睡前卧谈谈论女孩时谈到她也要赞赏两句；她在食堂最拥挤的时候去吃饭也不用担心没有座位，一定有人站起来喊她过去；而她的热水瓶只消上午送到开水间，晚上总是已经灌得满满当当并送到了她的宿舍楼下。

她和他的交往却不带着丝毫的刻意和怜悯，她仿佛从未发现过他被边缘化的处境。她下课的时候去他身边坐下，拿起他桌上的书翻看的样子是直接而坦荡的；体育课结束时，她和一群女孩嘻嘻哈哈地从贩卖机买完东西回来，经过男生然后顺手把一瓶水递给他的时候的眼神是无忌而明定的；晚自修结束，快走几步追上他与他同行，听他说那些天马行空的内容的她的表情是热切而专注的。这样轻易肯定了他的她，似乎也带动了某种凝滞的气氛的活跃。年轻的灵魂之间并不存在凝固的恶意，至多出于对于异类的本能抗拒，而这标签并非固定。他们对他隐在的无视被打破，一些简单平常的对话开始会发生在他们与他之间，仿佛突然有人为他打开了一扇他知道存在却始终没法找到的门，并且对他道了一声“欢迎光临”。从某种意义上说，小仙女是他的拯救者，使他不至在孤独之海一路坠落。在大四毕业的时候，他几乎已经习得了在人群中生活惯有的规则和法度，可以平安地把自己寄放在人群中。环境完成了对他的成功改造和洗礼，工作面试时公司人力给予他的审核意见是个性羞赧但专注，适于精细的专业向工作。他也诚然带着这样的面孔走入了新的环境而再也没有被标签和隔离。但她并不自居，对她来说，她只是容易给予亲善，并在与他的交际中获得真实的乐趣。他不殷勤地展现自我或者标榜关心，以期获得某种世俗关系的回报。在交往的最初，他待她的态度比之常规的年轻男性对待一个可爱的年轻女性的态度，更像是对待一个新鲜的灵魂的态度。从他的嘴巴里面吐露的内容与其他人大有不同，这使形貌平庸的他变得生动而明亮。她天真洁净的灵魂和自由的心性天然会被那些打破既有概念的事物吸引。

但你不能与世俗人士谈论青蛙，即使他们会想出一千种与青蛙有关的料理，却依然会觉得他的故事黑暗而肮脏。她的父母带走了她，一辆小型面包车就能搬走大学四年生活的所有残留。他无法把自己装进礼物袋作为一个额外附赠，也无法选择放弃前途跟随她去到那个闭塞县城。他不想让她如她的父母和她父母的父母一般，把一辈子光阴留在那个小小的县城。那些县城都有千人一面的特质：市中心有条主要街道，任何一天在这条街上逛都能碰到熟人；中心区域有一家电影院，兼被各个机构租用进行各种表演、开表彰大会和售卖保健品；有几家超市、邮局、医院和充斥各种专卖店的商业街。这县城肯定还有一座公园，多数叫人民公园，里面没什么景致，可每个人都在里面玩过。他们一辈子仰望着H市，视它为云上的都市和不可思议的景观，视与H市有关的一切为大事件。他想带她去H市，他还想带她去比H市更远更好的地方；他想留她在身旁，因为她是他在这令人不安的世界中看到的唯一真实景象。

她离开的时候，也是傍晚时分。夕阳和暮云依然故我地做最后的盛大演出，他是被弃留在落幕剧场的最后嘉宾。她或许流眼泪了，但并没有那么伤心，因为她还有些对父母允诺的崭新的理想生活的某种期待。对她那样心性的人而言，这未必是坏事情。一辆小型面包车就可以带走一个女孩和她大学四年一千多个日夜的所有生活痕迹。

他想加快获取金钱的速度，他比任何一个新人都更勤奋地愿意去往各种项目驻地，争取更多的出差机会。他精密地计算过，最快只消三年，他就可以在这个城市拥有一套付了首付、承担月供的房子。这似乎是他可以向她的父母提出某种要求的先决条件，这是地产商和拥有美好女儿的父母们形成的某种共谋。小仙女回到县城，进了当地的电视台，仅仅是美貌的缘故。她没有专业背景，只能做一些轻松的、无关紧要的工作，食住依赖父母，倒也相当轻松。他有时和她发短信或者网聊，因此知道她的一些近况。工作的最初，他因为太过忙累，倒也极少能关注到她。偶尔的联系里，只觉得她悠闲中有些迷惘，偶尔也有对现有生活的跳脱醒悟，似乎想求得变化。他总是极力鼓励她，但那些发奋语很快就湮灭了。若视作一场救赎，他不能指望她自我拯救，他明了自己需要全力以赴。然而，时间却不愿意等他。一年不到，小仙女很坦然地告诉他，她有了交往的对象，来自父母安排的相亲，并且对方和对方的父母对她而言几乎没有什么可以指摘的。

他的小仙女，他的生命之光，他每日闹钟催起疲乏身躯的唯一念想，他的银行卡上的数字每次跳动变化的唯一激励，他严苛的自我的经济、情感和肉体管理的所为的唯一对象，今日要让于人手。想象中的那个面貌模糊的县城青年，会牵起他未牵过的手么？会亲吻他未吻过的唇么？那个人亲吻她的时候会变成一只青蛙么？变成青蛙多好。无法想象，无法想象，无法想象。他无法对她燃起激愤。这半年，换到她的角度所能感受到的是一个渐行渐远的人。他不懂得对女性抒发豪志或者宏愿，他很难用语言争取渴望之事物，他以为他能够做到的时候一切都已明了，他无法去打乱她本来可以被安排的世俗幸福。

小仙女熟悉的笑容留在了规范的婚礼相片上，她和一个陌生男性穿着堂皇的礼服在用灯光和泡沫虚设的宫殿里出演王子和公主的角色。他的小仙女像一个真正的公主：她皮肤似白雪，嘴唇似最娇嫩的玫瑰；她亚麻色的额角胎发在繁复的头冠下倔强地溜出来几根，让她像一个孩子一样无辜而迷茫；她在任何的虚假之中，都是最真实可信的所在。而她身旁的那一个人，在他看来无论如何都是一场伪装，那过于大的白色皮鞋不合时宜地翘起的尖尖鞋头让他像马戏开场表演的小丑。尽管他不能避开那个人还算周正的样貌和尚且中和的笑容，他依然认定任何男性穿着白色西装都只会是一场无可挽救的灾难。他变得挑剔、牢骚、满怀恶意，却无法流下一滴眼泪。一张相片、一个通知结婚的短信，都不能让他接受和认定小仙女已经成为他人妻子的事实。在他的时间轨道和他的生命日历里，小仙女始终在他未来七十年的人生设想之中，从未改变位置。有时，真实比不真实还要不真实，而不真实又那么真实。对他来说，不真实的是在世俗意义上他已经失去了她，失去了拥有她的未来的可能；真实是他始终拥有着她，无论他或者她的现实如何在斗转星移中变化。

出了地铁，到达中心商务区，那座漂亮的、有玻璃幕墙的高楼就是他今日要工作的场所。快速上升的电梯带来些微的耳部刺痛。走出电梯，来到前台，引导员的标致面孔和冷淡笑容，像极了他记忆里的鳍鱼小姐。地毯有收敛包容的弹性，悄无声音的脚步将他拖入了一个无声的空间，愈加清晰的是自己愈发沉重的呼吸和心脏的急剧跳动，但是，亦有令人惊叹的某种释然。他触摸到肩部的背带痕迹依然在，但是却不见了背包的踪迹。他的身体变得轻盈，飘浮到天花板上，在这个角度几乎能看到窗户外云朵浮游的模样和周围一众形状相似的、林立的高楼的顶部。他看到那个长得像极了鳍鱼小姐的前台的惊骇脸：眼睛眼白太多，面部脂粉太过厚重，像戴了一个怪异的能剧面具。

鳍鱼小姐是他在小仙女之后唯一有所亲近的女性。那是小仙女顺利结婚的第二年，也是他和小仙女分开的第三年。如他计划一般，他购得了理想的新居，薪资报酬也因为行业正处于上升期获得了比预期更高的提升，这些使他成为了世俗眼光里非常理想的婚姻对象。在一次他们公司与一个政府机构的联谊相亲会中，他认识了鳝鱼小姐。鳝鱼小姐并不是那天的瞩目焦点，那天他的男同事们的目光都聚焦在另一个身段真正像鱼儿一般柔滑黏腻的女性身上。他注意到了鳝鱼小姐，是因为她坐在他的侧前方，从某个角度看，她的头颅和耳朵的轮廓都很像小仙女。仅仅这一点就足够了，更何况三年的空窗期也确实会让一个男性内心虚空。这两个理由足以使他发起难得的主动。他问她的电话，她礼貌地给予。她有小巧白净的面孔，五官介于秀丽和平淡之间。他们见过几次面，按常规的模式，吃饭、逛街、看电影，甚至牵了手，成了拟情侣。之所以加上“拟”是因为在既有的文化环境中，稳定同居和告知父母才算是落实了情侣关系。从这一点来说，他们还不算完全情侣。他已经忘记了第一次牵她手的感觉，甚至，说实话，任何一次牵手，所有的牵手，她的手是什么触感、温度和形状，甚至是大是小，他通通忘记了，似乎这一件事情并不那么重要。多少次在小仙女的身旁，伸出又悬置的手，那个他和小仙女之间未竟的动作，在他和鳝鱼小姐之间，既没有那么神圣，也没有那么可怕，仅仅是一个宣告拥有的动作罢了。她对他挺满意的，她喜欢他的房子，尤其喜欢他房子的小小阁楼——她明确表达过想把它改造成一间影音室的愿望。每次去他的家她都像真正的女主人一样，带来一些她中意的摆饰器皿作为添补。她喜欢他的工作，看起来体面、高档，英文的邮件和国际电话让一直浸淫在敲键盘犹如泄愤一般的政府机构的工作环境中的她感到尤其满足；她喜欢他们公司定制的西装和衬衣；她连他出差无意带回来的酒店洗漱用品都喜欢——她睁大眼睛和他说，你知道吗，是彼得罗夫啊，连沐浴露都是彼得罗夫的啊。她睁大眼睛的时候眼白太多，表达惊叹的时候嘴巴太圆，形成一个拼音的“O”，卫生间的惨白灯光下她的脸蛋又过分白，像戴了一个诡异的能剧面具。

他们本来应该顺理成章地约会到一个瓜熟蒂落的阶段，告知朋友、同事和父母，然后相约婚姻吧——若不是因为那件小事。那天，她打电话告诉他，她和同事合租的房子的下水道堵了。她的本意是想让他找个工人过来疏通，同时把他介绍给同事，逐渐把他引入自己的社交圈。这本是他们交往中重要而关键的一步，这个本来在去往她住所的路上、在那栋九十年代建造的公寓楼道墙壁上随便找出一个喷墨电话拨打出去就能解决的问题，却被他以另一种方式处理成了另一种结果。

当日傍晚，天空中稀薄的云朵绵延漫长，皆被暮日染成暧昧的绯粉色。去往她住所的路上，有一路樱花开得正盛。小且圆的粉白花瓣徐徐飘落，地上已覆了薄薄一层。他似乎撞上了樱花下的迷乱，在心内策划了一个任性的主张。很久以后回想起那个傍晚，那一件事，居然是他这辈子第一次让灵光闪现转化为现实图景。恋爱使他大胆，肯定了自己，失去了躲藏。他拐进了附近的菜场，拎了两条鳝鱼出来，内心充满雀跃，快速地登上楼梯，敲响了她的家门。她诧异他一个人到来，他却连连唤她带他去卫生间，说：“我能，我能自己解决。”她的同事也好奇地跟随过来，那个穿着睡衣、顶着傻乎乎的发卷的女性成了最悲惨的见证人。

他去厨房拎了一瓶开水来到卫生间，把鳝鱼放进下水道，然后开始往下水道倒开水。他说："你看，你看，鳝鱼怕开水烫，就会往下钻，然后下水道就会通了。"她的女同事尖叫着逃离了现场。她并没有走，手指紧紧抠着卫生间淡黄色的门框。她那么用力，手指都根根变了白色。她用一种眼神看他，有一分钟，她没有掩饰那种她平常一直都努力掩饰不会流露多出一秒的那种眼神，恐惧、嫌恶、像看到某种恶心的内容比如鳄鱼、哥斯拉和异形那样的眼神。那眼神，在他给她讲起骑青蛙翻越安第斯山的时候有过一秒；那眼神，在他给她讲起青蛙骨和"爱的诅咒"时有过一秒；那眼神，在他第一次牵她的手的时候有过一秒。他不知道她的手是什么大小、温度和触感，但他知道自己的。常年的外宿和睡眠不安，让他体温偏低、湿气淤积、手汗潮湿且黏腻，像一只青蛙。多么遗憾，即使在那一秒钟他装作没有看见，这一分钟却漫长得无法逃避。在某部电影的末尾，三分钟可以接四十七次吻，那一分钟的话，至少可以接十五次吻。若她不是这样看他，若她是与他接了十五次吻，那青蛙也变成王子了吧。

樱花使人迷乱，这个城市里其实有种气息一直使人迷乱。这种气息让爱着一个女性的男性无法道出内心，让嫌恶一个男性的女性能够接受那个男性的牵手，或者身体。我们用标准化的内容修饰和装点自我，如一个最挑剔的园艺师般小心地修剪去思想上不合时宜的分杈，以期自己由内而外都不被认定为异类。脱去面具和伪装是多么大胆之事，袒露鲜嫩的灵魂无异于一场灭顶之灾。离开那昏暗楼道的时候，他像一只笨拙仓皇的恐龙，在现实世界无法安放手脚，只能遭受致命性的毁灭。他们的故事戛然而止，就此终结。

小仙女在结婚的第三年来到他的城市，他们短暂地见了一面。小仙女胖了很多，他初见她的时候有些惊讶。但是，即使是肥白的她，在他眼里也是那么生动，好看得无与伦比。她也和他说起婚姻生活中一些困惑，譬如结婚之后才在县城的小小人际圈里听到她的丈夫原是有着一个交往很久的亲密女友的。不过是因为那个女孩出身不好，又身体欠佳，所以一直被她丈夫的父母嫌弃，并且百般阻挠，试图割断两人的联系。她丈夫又是极孝的，竟也无奈答应了，不过却无心再结姻缘。他父母介绍了很多女孩给他，他都勉强敷衍，不予理会。直到见到了小仙女，才愿意和她交往，最终结婚。是啊，有谁会拒绝小仙女，除非他从心到眼都是盲的。说起这些，小仙女是困惑的，更是愧疚不安的，如同她窃取了别人的生活一般。这就是她，从未改变的良善，对恶意的无视，于复杂的人事多少有些软弱的逃避。他和她讲起了《骑青蛙翻越安第斯山》的后半段内容：

> 3 月 27 日，乘坐青蛙越过安第斯山实在太难了，因为山实在太多。终于明白这是不可能完成的任务，应该从简单的地方开始才是。因此，这次决定乘蛆度过斯卡格拉河。

骷髅中可以盛放出鲜花，蛆虫也未必不是软白可爱的；死亡是迈过生的另一种开始，丑陋是美在镜面时空的映射，它们不过是世界的另外一面。可是迷恋虚幻之美，而将真实置诸脑后——这就是人啊。

她笑得眼泪要出来，一如八年前的样子，笑得露出了可爱的牙肉。她小巧的鼻翼微微翕动，薄薄的鲜润嘴唇微微翘起，她美得让他想就这样一直看着，看到七十年以后。若还能再活七十年，一定要和这样的姑娘一起。

可这是他和小仙女最后一次见面和联络，小仙女突然地断了音讯。他试过打电话却永远不在服务区，他发消息和电邮都永无回复。他试过换电话打给她却是通的，于是惊恐地意识到自己被她屏蔽了。没有理由是最可怕的理由。他无数次在脑海里检阅他们的最后一次见面：食物是美味的，笑容是甘甜的，小仙女是肥白而可爱的，无一不妥。道别的影像被他一帧帧剪辑、定格并安放在记忆的宫殿：她微微侧身，挥手道别，脸上洋溢亮晶晶的笑容。那么，是哪里出了问题？这疑问让他常常带着满身的汗水在夜里惊起，恍然不觉自己究竟在哪个城市哪个酒店的床上。

他醒来的时候并不知道自己在哪个城市哪个酒店的床上，当然他很快发现自己身下的白色床单并非酒店的，而是医院的。他在飘浮起来的那一刻，果然是晕倒了，然后被送进了医院。各种检查之后，并没有特别好的解释，无非阐释成某种官能失调的病症，医生给予了休息和调养的方案。在电话得知替补工作人员已经到场之后，他却有了前所未有的空虚。和小仙女断了联系的这一年，是他最忙碌的一年。除了连续出差带来的金钱回报，他找不到更好的生活目标。

为了不在业内留下恶名，公司允了宽裕金钱和时间给他，把他按捺在医院观察，让他几乎可以把十年没有休的假期一次休掉。穿着病号服的他除了查房的时间就终日游荡在住院部的大楼，像一只逡巡的猫。他偶尔披上外套溜达到永远繁忙的门诊部。他喜欢坐在各个化验室和检查室的门外，看着各种名字在电子屏幕上跳跃，看着各色人等拿到报告结果后或喜乐或悲哀的样子，做一个安静的观察者。也许是天性冷酷，他难以对他人加以同情，但是，对自身也缺乏同情的人大概也不能过多要求。

有一日，B 超室的电子屏上跳出一个名字，一下子跳到他心里去，像一只翠绿的小青蛙在他鲜红的心瓣上跳动——那是小仙女的名字。她名字很特别，很少重名，所以入目难忘。他一直等着，等到午饭的点，也没有人来取报告。他去打听才知道，住院部的报告是直接送到病室的。他试探着打听小仙女的病室，无人理他。他去问了相熟的护士，却问到心惊的消息，说那人在 ICU，昨晚刚刚送来的，现在还没出来。他对自己说，大抵不是小仙女，却又忍不住去探更详细的情形，发现一一都是符合小仙女的特征的。听到是从某县城医院转院来的时候，他若燃了一般走了。

在医院游荡的这些天，他早熟悉了布局。辅楼电梯按到六楼，打开一扇门，穿过长长的走廊，还有一扇感应门。那扇门从外面不可以打开，只有从里面才可以打开。那就是 ICU 的门。不过护士和护工来往进出的时候，门时而打开、时而关闭。打开的时候，总能探看到里面。他趁着门打开的时候，大声呼喊小仙女的名字。

万一听不到怎么办呢？可是万一听到呢？万一被医护人员赶走怎么办呢？那就等等绕回来再喊。万一被她家人听到被打怎么办呢？那就绑好绷带回来再喊。那就喊吧。

只第二声，他便看到了。在感应门又将关闭的时候，他看到正对门的那张病床上，有人微微抬起头来。他只消看到鼻子和嘴巴，不去考虑那糟糕的面色和蓬乱的头发，也知道是她。一瞬间泪水奔涌。

两周后的一天晚上，他们已经坐在住院部楼下小花园的椅子上聊天了。小仙女一周就离开 ICU 了，两周后，她俨然又是治愈的小仙女了。

为什么生病，很难说。上一次见他的时候，她作为一个蒙福的人而不知幸福和悲哀将在未来降临：她刚怀了一个孩子，但她并不知道，孩子很快就没有了。她莫名迁怒，怪自己是否因为当时见他，笑得太开心，所以失去了孩子。听有的老人讲，有的孕妇娇气，笑着也会让孩子没有的。总归一定要怪一个人的话，她就选择怪他，否则她就只能像所有人一样怪她自己了。

这一年，她吃了很多药，西药、中药、各种补药。中间又怀孕过一次，又失过一次孩子。小县城的环境，几次下来，长辈脸色都并不好。那一年，各种形状大小的西药颗粒、各种颜色混沌不明的中药汤剂，她通通虔诚地祭入嘴中，只为了一个孩子——想象中可以拯救一切的孩子，并非把最后的小小影像留存在 B 超彩页上的孩子。

共同失去孩子的人，互相面对着只能伤心。她的丈夫只是怕见着她、怕面对她，渐渐也就晚回家了。他去与什么人一起，又是否见故人，她竟是无从问起或者约束的。

这一次，只是因为感冒，然后发烧。低烧了十来天，转氨酶突然就高起来，神志不那么清晰了。但是，她只是觉得疲倦，不想说话。一层迷雾，把她和外界安安全全地隔离了开来。比起身体的病痛，那种与周围一切隔离开来的安全感，更让她容易沉湎。借着这躯壳的孱弱，她突然得到了安宁。她多想这样一直沉睡不醒。直到她听到一个声音，像带着腥湿气味的海风卷来了所有的过往回忆，唤醒了那些她以为早已遗忘的时光和自己：无忧的少女时光、唯一的任性旅行、车窗外飞速掠过的绿色。火车离开城市，驶向山间，湛蓝的天空上浮游着大朵的白云，如很多次她在电影屏幕上曾看到的画面，美得让人落泪。那呼喊如温暖的光线投射入深海，那把她拉向深渊暗黑之处的吸引突然失了力量，她顺着光线被引渡到了明亮的地方。

小仙女总是淡淡的。天性使然，再惨烈的事在她说来也像他人事。她嘴角总带着笑，似乎关照听者的感受更甚她自己被剖开的血肉伤痕。她总很容易忘记，忘记宏愿、忘记萌芽的恋情、忘记切入肌理的疼痛，但她总记得的是那些轻易笑起来的场景。

他们中间隔了十年的光阴，可他看她，依然如同当日一般。他所期待的，不过是如此这般：有朝一日，同她一起，内心坦荡地说一说心中所愿。夜晚蝉鸣不断，空中是满月，温度适宜，一切都很完美。自己正置身于之前向往的带有想象色彩的那个世界与情景之中，它比预想的平常许多，亦伤感许多。

时光很似十年前的夏天，那时他给小仙女讲过另一个关于青蛙的故事。

“诶，你听过爱的诅咒吗？”

“什么是爱的诅咒？”

“《自然史》中写道，古代波希米亚的年轻人，用青蛙来获得年轻女孩的爱。更具体地说，他们会在圣乔治日捕捉青蛙，用白布将青蛙包住，放在蚁冢上，直至落日。”

“青蛙会被蚂蚁们团团黏住，直到闷死。最后，青蛙的尸体只剩下钥匙形状和铲子形状的小骨头各一根，年轻人就将这个钥匙形状的骨头拿去挂在喜欢的女人的衣服上。如此一来，她们就会害羞地慢慢低下头，继而陷入情网。”

十年前，他给小仙女讲这个故事的时候，手里真的紧紧攥着一根青蛙的骨头，只不过是央求学医的同学解剖课上留下来的，但他并没有能够送出去。假若他当时送出了那根骨头，他唯一确信的是，小仙女不会用鳝鱼小姐的厌怖眼神看他。她也许会吻他。

他对她说：“我有话对你说，请认真听，我很想说。”

“你可以做别人的妻子，或者成为别人孩子的母亲，我依旧会支持你；你或者做我的妻子，有没有孩子并不是顶要紧的一件事情；你或者不做任何人的妻子，你或者选择更自由的生活，像你以前很多次希望的那样，去你想去的地方吧，做你想做的事情吧。我现在，至少可以支持你的所有选择。”

“不要逃避，不要屈服，不要躲藏，不要隐没天性，不要被各种牵绊绑架，出让肉身和灵魂。”

他内心翻滚着无数话语，最想表达的是自由。可他无法获知，他所期待的自由是否正如小仙女的想象？面对和抛离真实人生究竟哪一种才更具勇气？

小仙女只是对着他微笑，那微笑像带着圣光和神性离他愈去愈远。

又半月过去，回到本市的住所，他看到他的背包，安静地躺在沙发上。他背起它，肩带完美地贴合着他肩部的印记。那一瞬间，所有的安全和日常回复到了他的身边。他觉得自己背挺直了一些，高了一些，那只背包也并没有那么沉重了，甚至持续传递了一种热度给他——它真正融合成他身体的一部分，成了使他变得完整的拼图最后一块。

小仙女有一天会做一个母亲，而那一天，青蛙会在安第斯山上仰望白云，几乎在它头顶的白云。

那只狗它要去安徽

那天雾气浓重，笼住这个面目颓败的城市。我骑车去公司的路上，抬头看到这个城市的地标建筑。以高度和未来感的外观著称的高楼，它有一半，淹没在雾气当中。

浓重的雾，让道边早春柔嫩的树木叶片的绿色变得浓郁。我缓慢地骑行，这一带，以宁夏路、江苏路为界，是我近四十年人生中生活时间最长的地方。看到那栋淹没在雾中的建筑，我想起我和绿在其中度过第一个夜晚，那房间，此时应该在雾中。如此想来，一切更不真实。

她细小的身体，如此单薄，单薄到像剪纸、像影，似乎可以从我的怀里穿行而出，从门缝钻出去，穿过走廊，下去电梯，穿过大堂，像一阵风；或者，从窗缝钻出去，沿着玻璃幕墙做杂耍的演出，飞速滑下，像是精灵。一时她是在的，一时她又是不在的。可是，我又从来没有如此感受：一个身体，全然融于我。这种感受不应该属于人间，属于一场庸俗邂逅的后续故事，它似乎需要时光和强烈的精神召唤来验证。可是这一切，一开始就发生了。并不存在某种狂野，而是无限温存。她的眼如拉斐尔圣母画像般低垂，她的表情如伦勃朗明暗之间般幽微，她也像波提切利画笔下的维纳斯——有看不见的风，轻拂过一切的妩媚和曼妙。

我知道，在白天，在三公里范围内的另一个空间——这个城市最早兴起并持续繁荣的核心商业区、以一个先生拄着文明棍的立像为标志的地方，夜晚我怀内的精灵，在清晨的澄澈日光下、在奔赴上班的拥挤人群里，是最平常的那个。她极少会被侧目或者被发现。她小巧的椭圆面孔，她收敛清淡的眉眼，她脸颊的斑点、眼角的细纹，都会在日光的审视下暴露无遗，如同我再一次见到她时，她所呈现的坦白面容。我自然了解，在这个时代，她对待面孔的不经意，绝对不是一种美德。环境也诚然给她一般的回报——我的精灵，是单身很久的办公室女职员中最无法引起关注和话题的那一个。

时间再向前一些，在那个商场新开的泰国餐厅，我和几个同事在隔间刚坐下不久，绿出现了。我面向内坐着，一开始并没有注意到她进来。她碰碰我的胳膊，笑着问我："2003 年的夏天，你是不是在宁夏路开过一家公司？"

是的，我们认识于十五年前，那时候我二十四岁，她十九岁。大学毕业后，我敏锐地认识到这是一个属于网络的时代。我得到父亲的支持，开了一家互联网公司，选择做母婴资讯。这十五年间，我也没有错过互联网金融的浪潮，我的母婴资讯网站，变成了一个母婴购物网站，其实提供的还是国外的母婴用品的代理和销售服务。像我这样总是占得先机的人，理论上来说，应该是一个成功者。其实不然，作为一个并没有太多资金支持和野心推动、但求一份生存的小型创业者，我这十五年间的收获不过是把租来的公司用房变成了自己的。意外之喜是这处房屋因为所处地段的优越和地产价格的几度上扬，现今的市价惊人，远高于这些年我公司运营的收益。其实我也可以把它卖了，实现所谓的财务自由，中年退休。但是，这是我的一份生活，离开这份具体的生活，对我来说，既有不安，也有空洞。每天，骑车从距离公司十分钟路程的父母的房屋抵达公司，不紧不慢地开始一天，直到暮色四合，下班骑车返回住所。这是我的日常。当时买下这处房子很大程度上是因为它带有一个小院子。两层小楼，一个院子，蔷薇蔓上围墙，从墙头溢出，春天时总引路人驻足流连。这处地方几乎是我父母房子的复刻，只不过这一处是工作的，那一处是生活的。我和我身边的人，确实多数过着相似的、有界限的生活。自父亲从家乡调动到这个城市，我们全家就住在这一带，我在这附近读了小学、初中、高中，大学也没有远离。在这个城市的海拔完全不算高的那座山下的一所理工院校读完大学之后，我回到家附近，开了这家公司。这就是我前半生的轨迹。我所交往的朋友，或者说自小的玩伴，多是父母朋友的子女，他们都住在附近。我很少跳出这个圈子去交际。我和绿认识是在我开公司的第二年夏天，公司的一切逐渐走向有序，我在报纸上登了广告，招聘大学生兼职来处理资讯搜集的工作，其实就是把各种信息搜集重写，搬到网站上。其时，我专注于广告业务的开发，对网站内容的建设并不很留意，像所有初创业者那样，想通过收益的回报看到价值肯定。公司很小，业务也不多，我的招聘启事只吸引了三两个应聘者。留下绿是很随机的事情，我对她并无深刻印象。那会儿员工加起来才五个人，而且经常需要陪我出去谈业务，我就让绿守着公司做网站内容，但后来发现她也常没有活干，还把她借到不远处我父亲的单位打杂。他们机关的业务流程烦冗，经常需要为了盖章几个单位之间来回奔走，所幸那些关联的单位几乎在一条路上，离得不远。我找了一辆自行车，让绿去帮忙跑腿。我只记得她过来时是黄瘦，后来是黑瘦，大抵是夏天在外面跑得多晒黑了。这种一般女孩会抵触的事情，她好像一开始就没有犹豫过，而且不是因为顺从。她总有一种独立的、磊落清明的气息，不娇气不造作，交代她的事情，只消讲一次，总是能高效又快速地完成。记忆再回翻，具体一些。她扎个马尾，常穿的是各种配色的格子衬衫和宽松牛仔裤，衬衫永远扎在裤腰里。虽然也相处了有两个月，但让我再回想与她相关的更多内容也并没有其他。我很少关注她的原因很简单，一则她不是漂亮女性，二则我自有心事。除了忙着让公司挣钱，以向父亲证明我无须他的荫蔽、无须像他旧友们的孩子一般活在体制里，另一方面，我未能免俗地为小圈子里的成功学所左右。其实我也清楚，在这个圈层里生活，已经比多数人自由，而且我几乎没有为生计烦恼过，但是一般的庸俗景象我也丝毫没能避免，各种饭局、各种高低层级之间的处事法则，我是常见的，甚至也早决定了我们这群孩子的位置高下。我是厌烦这些的，所以毕业时痛下决心不要再进入这个比较体系，但彼时的我却陷于一个事态之中。我自幼最要好的是C君，住在离我家不过五十米处，两家大人是同乡，初在一处工作，也一起陆续被调入这个城市，因为不在同一系统，并不存在直接的竞争，还可互相帮衬，关系不能说不近。翻开家庭相册，童年的玩乐照，每年的生日照、旅游照，我和C君都有很多合影，两家父母合影亦多。C君比我长一岁，高一级，体格更健硕，成绩略好一些，后来考入的大学略好一点。比较来说，我身量略高一点，大学专业更理想一点，这点些微差距就被平衡掉了，倒不至于两人都需要处理被比较的焦虑。毕业之后，C君选择在本校读研，我出来做了公司。母亲是反对的，她觉得不为生计困，不如再读书。她并不想我落后于C君，我却觉得自己的眼光是对的。父亲一贯支持我，出资帮我建起了公司。

所以当时，公司能否做成，对我来说，是有另一层意思的。这一年夏天发生的事情，还包括小艾回国。小艾同我和C君是自小一起长大的朋友，小艾最小，还小我一岁。回国是被她父母要求的，她读书很不理想，高中毕业被送去枫叶国读了本科，大概也只学了语言回来，唯一的好处是听话，在外绝无乱谈恋爱或与外国人胡混。她回来自然是结婚的，而她的结婚对象，在小圈子里都很清楚，无外我和C君。

同小艾结婚是非常好的选择，两家也都知道根底，两家父母很熟悉，住处很近，小家庭成立以后的彼此照应是很容易实现的。而且我有一种劣势我很清楚，我父亲得我晚一点，退休年龄在眼前，再加之我自己独立出来做事，以后的帮衬很难说有。而小艾父亲正当盛年，仕途畅顺，同小艾结婚，也是给我与家庭以有力后盾。况且她并不丑。其实小艾与绿，确实是有点像的，但我当时绝不会把这两人联想到一起。她们都高且瘦，中长马尾，小艾更白一些，眼睛很大，只是并无神采的那一种。她不是不精明，她世故人情精通得很。自小在成长环境中耳濡目染，兼以对这一套很受用，因此她通透又玲珑，在交际的场合里，比我和C君都要自如自在。娶到这样的女性回家，对我们的家庭是理想的。我和C君，应当会有一个人同小艾结婚。有些事是奇特而在当时并未察觉的，正如那时我对小艾的感觉。我习惯了在家人组织的各种聚会和活动中看到她，我熟悉她的样貌和讲话时薄薄的嘴唇微微抿起的自信的表情。可是，在很长的共同成长的岁月里，她并没有一次撞入我少年的幻梦或引发我的遐想。我甚至还没有把小艾当一个亲密的女性对待过，就已经自然地把她放在了考虑婚姻的位置，而且不觉得有什么不妥。而我周围的人，也一般如此认可。

十五年后，我与绿在泰国餐厅再次相遇。那个样貌比十五年前更平淡的绿，和我交换了联系方式，加了微信，却并未引起我内心多少涟漪。这后来，我们又一次在银行偶遇。当时我在市中心一家银行办业务，这恰好是绿工作的银行。她中午外出吃完饭，和一群同事回返进门，而我当时正办好业务出去，迎面碰到了她。一开始我并没有认出她来，因为她们一行人都穿了一般的白衬衣和藏青西服，还都挂着工牌。错身那会，她喊住我，我注意到她，让我瞬间想起来的是她以前把衬衣塞进牛仔裤的习惯。她那么瘦，简直太瘦，白衬衫扎进工服裤腰，身量愈显得纤小。

小艾也很瘦，简直太瘦。小艾的瘦是饭桌上永远的话题。从她小时候她母亲抱怨她不爱长肉开始，经她母亲传播，大家都知道她的饮食习惯。她爱吃肉，爱吃油炸食物，爱吃辛辣刺激的一切，饭量亦足但永远瘦。所以每次饭局，针对小艾永远的话是："你那么瘦，多吃点。"小艾的瘦显然来自她母亲的遗传，她们纤细的身板如出一辙。小艾一直为自己瘦而自得，尤其是在以瘦为美德的环境，她简直赢在了起跑线。我们一起玩的一群孩子中，有个胖姑娘，从小肚子胖得鼓鼓的，冬天被毛衣勒出，夏天被 T 恤勒出。她长得其实挺可爱的，睫毛长且密，甚至能在面孔上投射下阴影，而且她是小孩子的那种胖，不油腻的。可小艾一直嫌弃她，连着女孩们都不爱和她玩。小艾的话在孩子们中是有用的，我对那姑娘的印象就停在了她常想跟着我们玩又总落单的样子。从枫叶国回来的小艾，依然是瘦的，穿白色无袖的针织高领衫和腰臀收得窄窄的裤管却松放的黑色阔腿裤，居然挺好看。她刚回来时没有工作，就在我的公司里帮忙，帮我管那五个员工。其实没有什么需要管的，仅仅订餐、接电话、打印材料而已。她自有一副神气，在这个空间里建立了一个小小的权力场。我记得她也讲过绿真瘦，是褒扬的口气，把绿外借出去跑腿，也是她的意思。她说，让绿闲坐着，工资也是要发的，不如派点事情给她做。她每次交代与她年纪相仿的绿出去在酷暑烈日下做事时，总有一种顺理成章的坦荡，而绿的反应也是爽快利落的。她们相像，又全不相同。

小艾刚回国的日常活动，是由我和C君轮着陪同的，她有时和他看电影，有时和我逛街，没有特别偏倚谁。后来，小艾在我公司实习，C君到我处闲坐的时间会增多。他假期也无事，经常过来公司消磨时间，同小艾一起坐在外面的小院子里，一坐一个下午。他给小艾去附近的麦当劳买冰淇淋，挑着树荫下急急地走，担心冰淇淋在拿给她之前融化。有几次，我看到他那样的背影：身量不高且壮硕，远远看着五五身的比例，快速移动的方式丝毫不灵巧。

我要跑业务，并不能多陪小艾。其实，也有踌躇。小艾适合婚姻，可是似乎缺了点什么，具体是什么，我说不上来。我绝不热烈地想亲近她。有时回到公司，看到她和C君靠得颇近的背影，虽然知道他们在冷气十足的办公室看C君最爱的系列电影——《的士速递》或《指环王》，但我也绝无伤感。后来我第一次感觉到偏差，某种应当和心想的偏差。C君的父母在那年夏天，给他在城市新区买了一套精装修的别墅。C君家是我们这圈子中第一个在外面买房子的，后来，大家也都陆续做了同样的事情。也是在C君家买房之后，我的母亲问我要不要去郊区买套别墅，我犹豫了一下，提出想把现在租的公司用房买下来。按当时的价格，这小小的旧楼加院子，不比外围的别墅便宜。我提出以他们出首付、我来贷款的方式，买下这处房屋。八月末，暑假快结束的时候，那会绿要结束工作离开，小艾也准备入职了。有一晚，C君约我去新房子玩，同行的还有几个自小的朋友。我们带了啤酒、小菜、零食，准备在那边过夜。去了照例是先参观一遍新屋的。我先在楼下去了下洗手间，上楼晚了，他们都去楼下客厅准备吃食了，只落了我和C君在楼上主卧。我自然讲房子很好很不错，欲下楼去，C君却停住不动，有话在酝酿。他目光落在主卧的那张足有两米宽的大床上，并不对着我，却挺清楚地说一句："反正该做的都做了。"我立刻明白他的意思。

我不愤怒，甚至觉得好笑。其实，也在那一刻，我释然了，我再也不需要怀疑与自我对抗，甚至，我觉得非常自由。这是一间阔大的卧室，床角是墨青色的丝绒面换衣凳，上面堆着两个墨青色丝绒金线刺绣，边角都缀着金色流苏的小靠枕，床上牵拉着白色纯羊毛的线毯，下面是墨青色的丝绒床罩，左侧是开放式的浴室。在我站着的位置，能看到暖茶色的大理石纹的盥洗台和射灯照耀下洁白明亮的圆形浴缸。这个房间和谐丰美到唯在墙壁上缺少一幅可以被收藏进巴黎沙龙的古典主义画作的复制品。我的经年好友告诉我，他和一个女性，该做的都做了，就在这个房间。

那个面孔普通的黑瘦女孩，从我这里支走了两个月暑假工的工资八百元钱，我多添了两百给她，补偿她在外跑腿的劳碌。就这样，她从我的生活离开了，再回来时，已是十五年后。

我们在泰国餐厅遇到，餐厅内有罗勒叶和香茅草的味道；我们在她工作的银行大堂遇到，她和刚吃完午饭的那群藏青制服们身上有花椒和五香的味道。我邀她晚上吃饭，她爽快答应了。就是那晚，我们吃饭、喝酒，在这个城市最高的楼上，我们融合。这回，那栋楼，在云中。我们做的是最庸俗的事，因为我们就是这个世界上最庸俗不过的两个人罢了。时间对我们产生了什么作用？十五年，我没有成为金融领袖，她也未变成行业精英，尽管十五年前，我最早涉入了未来十几年最有前景的行业，而她在这所城市最好的大学最好的专业读书；十五年后，我是年届四十的单身男性，她是并不年轻的职业女性。我因为早年的意外投资，有了价值不菲的一套房产，她用自己的积蓄和工资，供起了市中心一套五十多平方米的小小房屋。那房子在一座旧楼里，她把里面彻底拆光，按自己的设计重新改造，造了一个自己的巢。十五年，我胖了，头顶的头发单薄了，而她眼角有了细纹，依旧不十分时髦和美丽。穿行在满街的房屋广告、相亲广告和整形广告里，我们是被时代抛弃的人。在这个城市的地标高楼旁边有一个广场，立着由花朵组成的巨大的立体蛋形装饰，每到周末的时候你可以看到整个城市最艳丽的姑娘都在那儿出没。我带着绿，在那个地方，在餐厅露天的座位喝酒，看着作为背景的那栋高楼。

“她好蠢。”绿突然说。

“谁？”

“小艾啊。虽然看起来很精明的样子，其实很蠢。她不聪明。”

我惊讶，也想笑。

“瘦有什么光荣。瘦是基因啊，把基因当优点，简直是蠢。”

“我讨厌别人夸我瘦，我就没别的地方可以夸了么？因为没有别的地方可以夸，所以只能夸瘦吧，真的好蠢。”

我想起来，前几年的一个饭局，C 君和小艾都在，带着他们的儿子。当时，是旧时的朋友们给那个早就移民的胖女孩回家省亲办的洗尘酒。那女孩当然现在已经完全不胖了，她读书找工作移民一路顺畅，婚姻也跨了阶层——当然这可能是小圈子最看中的一条。那次饭，理所当然没有以小艾为中心，点菜没有让她点，上主食的时候也没有人问她上哪一种主食。最重要的是，那天，好像没有人谈起“你那么瘦，多吃点”。结束分开互相告别时，小艾的儿子突然跳到那个胖女孩面前，说：“我要和你说一个秘密。”那个好看的女性笑着问他：“你要说什么？”小艾的儿子说：“你好胖。”全场都无声。C 君来救场：“他说谁都胖，因为他妈妈瘦。”我看到，那个女孩的眼神飘过小艾，有那么一瞬，一点轻看一闪而过，然后是微笑。好看，没法辩驳。

“我有一个舅妈，她很漂亮，读书又很好，刚考上硕士的时候，就嫁给了我舅舅。我舅舅吧，国营小厂的头，眼光可高了，年纪挺大才挑中的她，结婚那会儿，宠她至极。她很瘦，每次亲友一起吃饭大家都夸她，夸她是研究生，夸她瘦，夸她漂亮。后来，她飞速生了我表弟，书不读了，靠我舅舅养。她那么漂亮，我舅舅当然愿意养。后来在饭桌上，大家依然夸她漂亮，夸她瘦。她半辈子受宠，从来不用做家务做饭，什么事都是她说了算。再后来，她老得好快。我舅舅也老了，还在那个小厂，但厂子并不景气。她把一辈子都放在儿子身上，所以对儿子管教很严。后来儿子上高中了，压力很大，也很叛逆。有一次她照例要打儿子，可那天儿子把她打他的东西抢走扔了，接着我舅舅发火把家里砸了。她从没有受过这种气，就把现场砸过的照片拍下来放在亲友微信群里哭诉，可是没有人理她。我看着她，同自己讲，我不要成为她那种人。也许我永远都没法成为她那样的人，我还是不要成为她那样的人。你懂吗？”

我当然懂，那么近，又那么远。我和C君，绿和小艾。人与人是不同的，人的内心世界的边界有时距离遥远。我们刚刚重逢，我们完美相融。好像每个齿轮都契合得上的零件，在落满灰尘的、被蜘蛛网缠绕的阁楼一角被找到，然后被安装成时间机器的一个部分，让时光接续起来，同十五年前的那个夏天接续，极梦幻又极真实。它所唤起的一切，可以称为生之喜悦的内容，让在曾经漫长的时光里有过的孤独、怀疑和踟蹰都变得微不足道。

顺着时间往前推想，我忽略的许多细节，如今都透露出真相。自小小艾就同C君更亲近一些，她只是同时也不想放弃我的关注。说起来，我确实有很长时间对她有所好奇，我所好奇的内容，与她这个人本身有关么？现在想想，我好奇的是她的父亲，是她父亲的生活在她的生活中投射的那部分，毕竟她父亲的飞快晋升在小圈子里曾被引为传奇，可是那一切与我又有何关联？我不曾想过从中获益，而娶了小艾的C君又得到了什么呢？在这座城市多几套别墅，在晋升的路上顺利一些？而我一早就没打算走这条路。所以当时，若是有意无意加入了对小艾的竞争，不过是因为我承认，我是会受环境影响的庸人。尽管如此，我的直觉依然带我找到另一些东西。小艾与C君结婚七年后，C君的父亲出事，C君完全依附于小艾的家庭，小艾的话是唯一的权威，小艾的父亲成了C君更重要的一个父亲。回想起多年前，在那间卧室，C君同我说话时那清晰的态度。话中有某些内容可能引起我的怜悯，而C君自己是不会也不需要有这种觉悟的。

我后来一直未结婚，这在很长时间里给了小艾一种可以支配我的幻觉。我们三人在后来的往来中，总是小艾出面约我。见面吃饭时，C君总要把酒递送到我面前，勾着我的肩说起我们永远不变的兄弟情谊。反复的话说了很多年，而私下我们一年都不会发几条消息，有什么事情，总是小艾同我联系。小艾在我面前，一贯地撒娇任性，在有长辈的饭局，她也可以把手拍到我胸前。这是小艾的自在，在新的家庭她也可以建立权力，主宰并自得。我没法去形容我在其中扮演什么样的角色，我成了小艾最后一个还可以展示魅力的假想对象，而我天性中的犹豫让我很难去打破这种幻觉。绿说她很蠢，她很好笑，我不能说。其实，我也许是觉得她可怜，C君也可怜。

绿说："小艾不选你，她很蠢。"这句太像恭维的话也让我快乐，甚至要大笑。多俗套的话被绿说出来，我都相信是来自真心。她有从人群中把我甄别出来的能力，比如我们的两次相遇，都是她先发现我。是在那句话后，我决定和她共度一夜的么？我不能确信。这是第一次，但不是最后一次。晨起的阳光铺满室内，照清楚睡在我身边的姑娘脸上的每一个雀斑和眼角细纹的走向。面对那般平凡的面孔，我没有一点失落、沮丧和空虚。我的生命被注入的生机和生动，只有我自己了解。我们是最平凡的人，我们都不是因为勇敢无畏来获得生活的嘉赏，我们都小心犹豫地生活以避免成为异类，我们所有的，不过一点坚持，直觉告诉我们的坚持。

这些年，我参加过很多婚礼，参加过很多满月酒。新娘和新郎们一般身着盛装以感动自己，孩子们一般都可爱若天使，不管他们的父母多么令人生厌。我看到我父亲坐在庭院藤椅上的背影，白发的比例日渐增加。我间或相过几次亲，爱过几个人，被几个人爱过，可我还是一个人。某次在路上，遇到某个前女友，两个人都停下来，回首确认一番。街上穿梭的车流做了背景，我们迟疑了一会儿，又各自向不同的方向继续前行。唤醒我的记忆的是她行走时的挺拔身姿和幼长的脖颈，我始终中意这类女性。奇怪的是，我对有着同样特征的绿，始终视而不见。

十五年前，我在一个危险的路口。走过了那个路口，我知道我的人生将走向另一个阶段和风景。在父母过分亲密的家庭里成长，再加之家庭环境的优渥，我受到了很好的照顾，却也始终有疏离感。对我来说，那些近在眼前的就是未来家庭的模样。先有了家庭的概念，然后去追逐意识指导下的家庭的形态，在还没有遇到和理解组织家庭结构的根本内容之前，先形成的是对家庭的想象。三口之家，年轻的父母，爱娇的孩子，以为这样的形态会给我们的人生带来相应的内容。当生活愈加接近日常标准的时候，你愈加容易被迷惑，愈年轻的时候，其实愈不想偏离。在十五年前的那个路口，我曾经那么被诱惑，去成就这样一种理想。也许我差一点就得到了。

绿也经历过相似的内容，在相亲市场被标好价码，见过若干条件相当的男性。在经历了数次可以写成小说的相亲经历后，她在月薪五千的时候就决意买房，以自己的积蓄和父母的支持做了首付，在便利店吃饭团也坚持拥有自己的屋。

“喜欢去的餐厅因为设有女性专座，一个人吃饭也不难看，把对归属感的渴望通过对品牌的忠诚消解。如果你一直把身体放置在有稳定设计和材质的、能让你的身体足够放松的衣服里，在每一季的新款发布之际，你去购买并安放自己的时候，也能建设有效的归属感。逐渐地，当我有足够的金钱建立独立的生活、足够的智识建立有益的兴趣、足够的自省避免在自我展示中流露对孤独的恐惧的时候，我离对婚姻的热望就愈加远了一点。”

“我不是爱好孤独，我只是不能以那种心情结婚。”

“只是不能以那种心情结婚”。对我说着“该做的事情都做了”的C君可以以那种心情结婚，我不可以。我不能确信爱的时候，我确信直觉。直觉告诉我，不能以这种心情结婚。

他很蠢。看似拥有了所有，却不能把生活的疆土凭自己的力量和愿望打开哪怕一分一毫，这样的人都是蠢人。这城市遍布的房产广告，要把你安放进一样的理想新居；蔓延的整形广告，要把你未来的妻子调配成一般相似的面孔和躯体。你可以不在意，我很在意。记录在照片中的不一定是真实的，兄弟不一定是兄弟。任何可以随意命名的关系里，只有这一条我不能接受——它将唯一可亲可爱之人、灵肉相通之人置于一个模板，得到一个答案。我拒绝这个答案。

我的父亲和我的母亲在老了之后，是一般的老人，我的意思是说，他们突然长得很像，一般的白净的老人。所不同的是，父亲面孔上的皱纹比母亲更深一些，白发更彻底一些，但几乎看不出，他们有十岁的年纪差异，步入老年之后那种差异明显地被缩小了。我父亲之所以年纪颇大才得了我，是因为一直等我的母亲到法定结婚年龄才同她结婚，所以在当时罕有地做了一个晚婚晚育的典型。现在看他们俩，已经看不到一丝一毫惊心动魄的爱情传奇的痕迹。他当年读完中学下乡插队，她还只是一个刚读高小的黄毛丫头。她是他在当地相熟的朋友的妹妹，他常去她家玩却从未留意过她，到了年纪拖到老大还不愿结婚时，才发现心里有她。他等她高中毕业，为着不能解决她的户口问题，还曾计划过在乡下建房子同她一起生活，放弃回城的念头。后来机缘巧合，一切水到渠成，难题一一化解。但也是因为这段经历，父母对于我的老大不婚，倒也并没有太大怨言。另一方面，他们一生都彼此关注甚多，对我倒少了很多执念。

后来，我和绿，不算频繁但也规律地见面，我们在一起做了什么呢？其实也就是走路吃饭，我们会说很多话，我很惊讶的是这一点——我清楚我们俩单独放在人群中都不是多话的人，有时觉得好像两个人是为了一起说话才在一起的。说了什么呢？也没有特别的事情，只是一点小事，她也愿意同我说，我也想同她说，而且说和听的方式，都觉得有趣。还有很多回忆，我被她打开的回忆，我所打开的她的回忆，源源不断地在说话中输出，好像我们彼此给了对方一把存放自己所有记忆的房屋的钥匙，并且道了一声“欢迎光临”。

我相当理解来自一个小城的绿，又是一个女性，在多年单身的坚持中所遭受的阻力。绿对我说，难道一个人就不能建立一个家庭么？家庭说到底是能提供温暖和亲密的地方。在这个空间里，我能够自足。比起被不堪承受的关系打扰，如果我一个人生活得更好，那就一个人成为一个家庭吧。或许，和一个宠物，或者和一个同性，或者和一个虚拟世界的人，在这个空间，只要能够有这些内容，都是可以称为家的所在吧。

家庭是多么令人渴望的地方，却也是多么脆弱和容易被损坏的地方。人们竭尽全力建立的羁绊可能轻易被瓦解，愈是追求某种形态的完整时，其实愈容易失去。

秋末初冬的一日，我们在江边的公园骑车，我们骑得很慢，骑一会儿，道边闲谈一会儿。下午的公园人非常少，与我们意外同行的，是一个中年男性，带着他的一只狗。他们步行，一时被我们抛在后面，身影变小变远，但我们在休息时，他们总是又跟了上来，这样数次碰到。骑行道很长、很远，像是没有尽头，我们犹豫着要不要继续向前骑，想着向前会骑到哪儿。但是每次看到那只狗和狗主人又跟上来，就不由笑起再向前骑。渐渐地，时间过去，阳光也转换了质地和色泽，江水环绕的洲上景象像一幅印象派的画作，边缘和细节都不甚清晰，无法细致去描述。记忆用点彩式的笔法为你搜集不同颜色的深浅层次，像建立气味的博物馆一般用诗意和哲思来命名每一种气息的差别。你无法确信，你又全然其中，这一刻与你有关，完全属于你。后来，我们终于不再向前骑，我们以惊诧、臣服和好奇的心情，目送狗主人和那只狗继续前行的、愈去愈远的背影。

绿问我：“你猜他们会去哪儿？”

我打开手机地图确认我们当时所在的位置，发现我们已经靠近了某条高速公路，这条江边道路在与之平行的一个方向向前延展。

我把位置告诉了绿。

她笑说："那只狗，它要去安徽吧。"

"它如果一直往前走，真的会走到安徽。"

我们相视笑了，骑车回返，心头有一个问题，很难说有答案。

从再次相见以后，我们亲密、倚赖、稳健地交往，只是谁都没有说起婚姻。我有时会去想象一下，我和绿的关系，和真实世界的切入方式：我如何领她去见我的家人，甚至，我如何把她介绍给我的那些联系人，比如C君和小艾。我能猜想到所有的一切反应，但我没有担忧，反倒会觉得可爱。它与我先前无数次去建设并试图走向这个结局的尝试是截然不同的。

只是，现在，我们都没有谈论这一切，当一切都准备好了，要迎接一个答案的时候，我们反而很从容。这一种从容不是惧怕、不是拖延，而是好像想把一份只属于两个人的秘密稍晚公布的私心。在此之前，我想充分感受的，是只属于我与她之间的所有内容。我也毫不怀疑，这种朴素自然与现实世界建立通道的时候，会以一种温和而理想的方式。

当手指攀上手指，皮肤像拥有记忆一般确认那温存的触觉，好像很久前就认识，好像很久前就亲密，好像他们属于彼此，即使我们很多次相见又忘记，即使我们同场又疏离。

那只狗，只要它一直往前走，它总会到达一个地方，它在走的时候是不能知道的。

我们都在一起向前走，不是因为知道前面有什么才向前走，而是即便无法知道、无法自信，也要向前走。我们总能走到一个地方。我和绿，也只是因为都走到了这里，才看到了彼此。

我以前总害怕自己软弱，所以我总以提前做出决定的方式，避免自己软弱，避免自己陷入不得不软弱的境地。我也有不想成为的人。与绿的相遇，就像内心的某一部分获得了认同，那一部分充斥着无用，却又不能丢弃。如此，我的纯白和阴影，我的怯弱和野心，都可以安放了。

天使的救济

周一，当班导宣布这一周为劳动周的时候，整个班级沸腾了，男生的大声起哄，女生扭捏的笑，充斥于整个教室，而我正专注于把我的回力鞋边缘一块已经风干结块的污泥弄下来。我把脚侧过来蹭课桌下方的横杠，我几乎成功了一半，污泥掉下来半块，我加大了力气以加快它脱离我的回力鞋的进程。尽管我那双鞋也因长久没有彻底清洁而完全泛了黄，但我还是不能容忍一块三月寒雨过后的湿乎乎的花圃的泥土沾上去。我最后用力地蹭了一下，桌子挪动了位置，直冲向我前面的女孩，桌子上用书立排形成的书墙撞上了她的后背，应该是很疼痛的。她压了愠怒，转过头看了我一眼，再低头找到原因，脸上带了嫌厌的表情转过头去，不发一句言语。

这一切的罪魁祸首都是在讲台后面喋喋不休的那个中年男人。他的额头有了细密汗珠，在五六度的低温天气能够出汗拜他超出标准的体重所赐。他肥厚的脸和外翻的嘴唇都让人联想起一种不被人们认为聪明的餐桌动物，这一切令人生厌。令人生厌的还有他偷偷将一些他认为重要的参考书塞给我前座的女孩，这使人联想到某种害怕小型猫科动物的穴居动物的鬼祟姿态。我那沉默的前座向他流露出金子般罕有的笑容。这一切使得因为晚睡早起大脑缺氧感到头疼的我尤其头胀欲裂，太阳穴猛烈地跳动犹如里面住着一只兔子。它差不多要跳出来，领我去爱丽丝的洞穴。在洞穴里，兔子剥开自己的肚子，吃自己肚子里的麦片当早餐。我也尝了一口，还没能品尝出滋味，尖锐的起床铃又如空袭警报般响起。我在又硬又冷的床上睁开眼睛，开始陷入没有止境的头疼的循环中。

劳动周说起来有一个星期，其实就只有五天，从周一到周五，周六周日休息。劳动周中学校以合理理由利用青春肉体从事无偿的劳动：如毫无保护地站在三楼窗户边擦窗玻璃；如无视滑跤后颅骨破裂的风险，清理因为下水道堵塞而污水横流的厕所。劳动周是为着这类活动而在教学周历里安排出来的特殊一周。它作为我们这所寄宿学校的优良传统保存多年，而因为历届学生成功地躲开了安全事故而被一直延续。

总体上，他们热爱劳动周，因为借劳动之余，可以光明正大地出没于其他班级的教室，借帮助打扫之名合理地翻看他们喜欢的女孩的抽屉内容物。她们也爱劳动周，因为在干完活多出来的时间里，她们都认为对方在玩而自己偷偷用功，因此有了一种赚到的感觉。她们躲在学校各个角落，像某种啮齿科动物，念念有词地背着永远也背不完的英文单词。

那女孩不发一言地转过头去了。她的肌肤雪白，比纸白、比春雪黯淡。大部分时间，我只能看到她脖子后面、马尾辫下面、头发和脖颈交界处的毛茸茸的碎发和一小片雪白。我已熟知眼前的景象，几乎熟悉到闭着眼睛就能用铅笔画出。我还可以用线条精细地勾勒出她赤裸的后背、精细的肩胛骨、腰线向臀部伸展的优美曲线以及圆润的臀部以下，精妙收起的纤长腿部线条和小巧的脚踝。我真的画过那么一幅，我甚至在早操后提前跑回教室把那幅画夹在她的政治课本里。她回到教室，我专注地看她打开政治课本的细节，我几乎没有看清她表现情绪变化的动作：她拿起那张画纸，像柯南道尔附身一般，立刻转过身体，把纸张飞快而轻巧地反扣在我的桌上，只在纸张落到我的桌上时手上略加了力气把轻蔑表露无遗，然后飞快转头而去，全程不超过一分钟。她表情冷酷，不发一言。在好事的男生上前抢夺那张纸想看个究竟前，我如一个勇士一般，飞快地把它塞到嘴里，认真地咀嚼，像一头骡子咀嚼粮食，像借此亲近她遥不可及的身体。她优美的腰臀曲线、小巧的脚踝在我的唾液酶和胃酸的共同作用下逐渐瓦解，终于成为我身体的某一部分。纸张的味道是甜的，然而炭灰的味道是苦的。

宿舍的电扇上积的灰尘目测有两到三厘米厚。自从去年十月它停止运转以来，到今年三月，已经五个月没有人擦拭。它在等待这个劳动周被人亲厚。同样等待亲厚的，还有床底下不成双的袜子、已经干瘪的花生、书页卷起的丢失了很久的书。我过分高的身体并不适合睡在上铺的位置，我经常担心起床时会因为伸出手脚、探出头颅而撞到风扇，从而引起宿舍的一场沙尘暴。但我过分瘦的体格使他们认为我睡在上铺至少在睡觉翻身时不会引起太大动静，而且过分长的腿在下床的时候几乎可以一步跨下。这些仅仅出于想象，但迫于这样一种环境认知，我养成了勾着脖子、佝偻着背行走的习惯。如果再有个返祖式外凸的嘴，我简直可以在历史课上站起来给他们做北京人标本。班导并没有把我排在教室的最后一排，我神奇地获得了第四排的黄金位置，然而我很快注意到了缘由：我前座的女孩的前边、左边、右边都是女孩，我是她四周唯一可以直接接触的男生。班导俨然当我是一个最无害的棋子，所以安放在他的女神后边。这个理由使我无法感激他。

关于我外貌的议论我从童年时代就开始听到，并从我母亲脸上悲哀的表情中得到某种佐证——不知道是何时开始，我年轻的母亲会有意无意地凝视我。在做饭和吃饭时，她的表情带有一丝不解、困惑、无奈和怜悯，并在我注意到她这种凝视时目光迅速躲闪。我从小就知道我有过于长的脸、过于硕大的头、过于厚的嘴唇——这一切使人联想不到美，并且因为眼神的呆滞，一度被周围的人怀疑成有智力缺陷的小孩。这种猜测在我不算太吃力地完成了小学的课业后才逐渐停歇，然而我小学六年级之后就以不可抑制之态疯狂生长的身体又将我的丑陋无限放大：你走近我，你会看到一张骆驼一般的脸，无趣而又缺乏表情；你会看到我粗大的手指关节和因过于瘦而显得突兀的膝盖骨。小学毕业后，我的母亲获得解脱一般把我送进了这所有初中部和高中部的住宿学校。她有一群一起烫发和打麻将的朋友，她们的发卷总是细腻而精致的，并带有淡淡的发油香味。我想我的母亲终于摆脱了那种当每天放学我推开家门，四个有漂亮发卷的头颅同时从麻将的城墙里抬起看到我时的尴尬表情。一个小孩，他既不聪明，也不可爱；他既不懂得交际，甚至连一点个性也无。他在进家门的时候空洞地喊了他的母亲一声，而他的母亲匆匆答应又匆匆低头，只为了避免她的儿子成为话题的中心，因为这个话题缺乏可以谈论的内容。

他们在说话，也可能在演戏。胖大的班导走到了我座位的附近，侧过身来和旁边的一个学生说话。那个女生在问班导某个问题，并在滔滔不绝地阐述自己的观点。班导侧身靠在我课桌的一侧，他的左手边是我，右手边是我的前座。班导的身体更明显地倾向右侧多一点，我冰清玉洁的前座此时正侧过身来，听班导和那个女生的谈话。她向左侧过来的身体，几乎要和班导向右侧过去的身体紧挨在一起。她精细的耳朵的线条和小鹿般的脖颈以一种漂亮的弧度呈现在我面前，与一旁班导臃肿肥厚的多层下巴形成鲜明的对照。班导在不时点头，时而回应那个女生几句，我却可以确定，他并没有在听。他们在说话，也可能在演戏：那个女生在扮演“说”，班导在扮演“听”，戏的主角是扮演“旁听”的我的前座，她一言不发，却胜过万语千言。她是夏天冰棍拿出冰箱后，薄薄的纸皮上轻溜溜地滑落的沁凉水滴，如此可心。班导在与那个女生冗长无聊的对话结束后，短暂地停在我的前座旁边，用与他巨大身躯不符的、一贯的纤软声音低声对她说：“劳动周你就去办公室吧。”

办公室的工作是劳动周的高等工作。在办公室劳动的主要内容是帮助老师整理讲义、教案和试卷，审查誊写分数等，虽然烦琐但不繁重，而且可以享受老师的茶水、老师的点心、老师的食堂和老师的舒服座椅。我几乎可以看到前座绷着美丽的小脸坐在班导的办公桌前整理试卷的情形。我还有一丝担忧，她在誊写成绩单时会不会把我的月考成绩写低一点以报复上次裸体女像的事情。

当我的前座像一只白鸽一样飞进了教师的办公室时，我随着另外三个男生来到了我们被指派的劳动地点：学校食堂。我们的劳动任务是，擦干净三层楼食堂二分之一的桌椅和地面，以中轴线为界，另二分之一是另一个班级的劳动服务区域。你可以想见整整一个学期没有被认真清洗的学校食堂的桌子上厚重的油腻。我们把刷子和抹布浸入洗洁剂和自来水兑出的洗涤液中，沾满水然后拿出来，挨个刷洗桌椅。早春的自来水冰凉，我的手很快就红了，骨节显得尤其粗大——它们像真正的劳动者的手一样勤勉。桌子太脏，一水桶的水一会儿就浑浊了。我负责倒掉污水，去食堂外面的洗碗池放满干净的自来水再拎过来。水流哗哗地从水龙头喷涌而出时，我百无聊赖地环顾四周，一只肥胖的麻雀正在树枝上闲庭信步，我对它比画出枪击的手势。两个女生从我身边加快脚步走过，其中一个抬头嫌恶地看了我一眼，那熟悉的表情和眼神，几乎让我看到了我的前座，或者我的母亲。

我并不适合任何引人注目的动作，丑陋把一切都放大了。我的存在尤其显得多余，与这平淡的春日天空和低飞的鸟雀毫不相宜。我抬起头，越过这片水杉林就是教师办公楼，在我看不见的地方，在树木的后面，有我白银一般的前座。

我们同组有一个让人放心的人，他是班级的劳动委员。他生得貌丑，却意外地很受欢迎。他有酱黄色的皮肤，那种颜色接近我们春游时走过的江边淤泥；他单眼皮、眼珠很黑；他有过于方正的下巴，笑起来面部的线条很僵硬，但是又有一种欺骗人的憨厚态。男生不讨厌他，女生甚至喜欢他，这曾让我不理解。后来的观察让我发现，他虽然并不见得特别愿意和人交际或者特别热情，但他懂得在特殊的时候做特殊的事情。重要的两件事情，第一件事情关于学校运动会。所有项目中，5000 米的长跑项目班上没有人愿意报名——几乎每年都是如此，文科班的男生不报名长跑已经成了惯例。但分班第一年的校运会，他却默不吭声地代表班级报名了 5000 米长跑。从高一到高二，他跑了两年，每次成绩都不甚理想，但是每次都跑完全程，而且全程的每一程，都一定有本班最受欢迎的男生陪他一起跑，还有最受欢迎的女生为他递送茶水和毛巾。这些时候，是集体这个词偶尔能在生活中闪现并且闪亮的时候，尽管平时，我并不觉得这个班级的六十多个人之间一定有着紧密的联系。他跑最后一程时，汗水已经浸透了他的短衫短裤，甚至浸透了他胸前的号码牌，女生们看他的眼神有一种眼泪要落出来的感觉。我总是避免看到这个场景，我既不喜爱感动，更不喜爱嫉妒。第二件事情，是在高一刚分完班、组成新班级后的第一次班会上。在那次班会上班导做了一些重要的职务安排，如班长、学习委员、课代表等，其他不重要的如宣传委员、文娱委员、体育委员则让学生自荐。他突然站起来，申请做劳动委员。他的相貌似乎生来就适合这个角色，他有常年劳动的农民一般的深色皮肤和结构稳健的四肢。他也很忠于这个职务，孜孜不倦地每日敦促值日生的打扫，并一定在他们打扫之后再完善细节。他最喜欢的事情是每周班会后的劳动课，他合理地安排男生和女生各自完成自己的劳动任务，并在教室呈现窗明几净的状态后流露出少有的满足的笑容。他的笑容收敛，只限于嘴角。他喜欢玻璃上留有的水汽、空气中混杂的水与尘埃的味道和湿漉漉的教室地面，他还喜欢看到黑板槽的粉末被清理干净后露出黑色的底边线条。

这样的他甚至是有人喜爱的，高二的时候就显出了端倪。任生物课代表的女孩有一头短发，头型很扁——这一定是她的母亲在她幼年的时候忘记在她睡觉时帮她隔一段时间变换一次头颅的方向而造成的后果。她不好看，笑起来鲜明的法令纹和宽下巴形成一个扁形的“口”字。她向我们的劳动委员表示出了明显的好感：她不避嫌地在食堂端着餐盘坐到他的附近，她总主动向他发起话题。她是个个性开朗的女生，在男生中人缘不坏。他们多少愿意帮助她，当他俩偶尔独处时响起的起哄声是某种明证。但劳动委员的态度不清，这事情始终悬而未定。

有了劳动委员的存在，他高效而勤勉的工作态度和方式加快了我们打扫的进度。我们一行四人，几乎没有多少废话，默契地分工合作。餐桌长椅的面貌一点点变化更新。班导偶然巡视过我们这组，说："你们这边出个人去图书馆帮忙吧，那边人手不够，我看你们这边很快就能结束了。"所有人的目光一致地投向了我。我默默地跟随班导去了图书馆，好像马戏团的猿猴跟在班主后头。

图书馆的工作最主要的方面并不是清洁，而是按编号顺序排列书籍。由于学生随意的乱拿乱放，很多书早就乱了顺序，明明查询到书在馆内，却找不到具体的位置。这工作很烦琐，但是干净，也轻松。我甚至有点庆幸由此离开冰冷的水和油腻腻的餐厅。

图书馆的白天，不开灯就是晦暗的，因为书架的深色、陈旧的百叶窗常年透出不足的光线和经年的旧书发出腐败气息。我进去的时候，几个学生正在书架前整理，我找了一个没人的地方开始工作。我一开始只是和他们一样，机械地对照和调整。我很快发现了新的乐趣。我打开每一本书的封底，找到放借书卡的纸兜，看一看这本书有无被人借过。如果有人借过了，写过了借书人的名字和日期就作罢；如果没有人借过，这本书的借书卡上还是空白的，我心中就会欢喜。我掏出裤兜里的笔，端正地写上我的前座的名字和这天的日期。

一个中学图书馆里，有多少本书没有被借过呢？有多少本书拥有洁净的借书卡呢？我告诉你的答案是：很多。《畜牧业知识》和《教你认识棉花害虫》固然是没有人借的，《小说的语言》这样的书也并没有人借过。被借得最多的是被称为古典名著和世界名著的小说，它们通常被翻看得书皮已经破旧卷起、书页几乎一碰就掉，因此被反复装订了若干次。我一次又一次地获得了在借书卡上写我前座的名字的机会。这项活动大大地降低了我的劳动效率，通常在其他人已经做完一天的分配任务离开后，只有我还被留在这里继续工作。接近黄昏时，人几乎走光了，图书馆的日光灯管猛地跳亮了，学校广播的声音开始飘进来，点歌台响起为这人那人祝福的话语，然后依旧放些时髦庸俗的歌曲。我觉得我的安详静谧被打乱了。

打破我独处的还有一个人：从隔壁的阅览室走过来一个女性。一个青年女性，黑色的头发编成独股辫子，没有刘海，额发完全向后梳去，露出饱满精巧的额头。她眉毛和眼睛都黑，脸型精巧。她并不是特别美，五官却都恰到好处。她走向我，递给我一个面包，说："吃点东西吧。今天收拾不好就明天收拾好了。"我有些惊讶，并没有伸手去接面包，含糊着说："我待会儿就走。"她把面包放在书架的空处，笑了笑说："我下班了，先走了。"

她是阅览室的老师，主要的工作是管理全校学生的信件和阅览室的杂志。学生的信件都是统一发送到阅览室派发的，她会每天开出领取信件的通知单给各个班级的班导，再由班导带给学生，拿到通知单的学生就可以到阅览室来取信。我没有很流行的笔友，更不会和家人或以前的同学写信，所以从来没有拿到过通知单。我偶尔来阅览室看杂志，我喜欢看《军事博览》或者《武器知识》。我来得不多，因为老师们并不觉得中学生喜欢看杂志是有益于学习的事情，所以阅览室不是学生热衷出现的地方，我也不想显得突兀。在有限的来阅览室的时间里，我并没有特别注意过她。她真是十分安静的人，并不多说话，甚至发出的多余声响也没有，安静到让人容易忽略。

关于她的流言我还是听过的，这些流言在我们班尤其多，因为她有个特殊的身份——她是我们班导的妻子。我们班导从其他学校调到我们学校的时候，学校也给他的妻子安排了工作，故而她到了阅览室当管理员。关于她和班导，更有一段特别的故事。传说她是班导的学生，是班导工作第一年的时候带的学生，高二时和班导恋爱，大学毕业后就和班导结婚了，成就了一段著名的师生恋。看到现在班导的样子，很难把他与风流不羁的师生恋男主角的形象联系起来，很难想象他会引起一个青春少女持久的爱慕。而班导对于青春少女的一贯迷恋是可以感知的，当他的眼神在我的前座身上逡巡时，不知道他会否看到他妻子的昔日丰华。最悲哀的是，美少女们总会老去，但男人的幻想对象永远停留在十八岁。

她步履有些蹒跚地离开了，从背影看她的身形依旧苗条。

图书馆和阅览室是用透明的玻璃隔断隔开的，第二天在图书馆工作的时候，我就不免留意看了她几次。她侧脸的弧度很年轻，下巴略略圆润；她的手停留在隆起的腹部上，时而轻轻地抚摸；她周身由内而外有温柔的光晕，她是将来的母亲，是蒙福的女性。第二天，她下班离开时，留给我的是一小方蛋糕和一个苹果。我开始理解，她作为一个孕妇，会需要携带零食作为能量的补给，故而将她多余的食物分享给我。她递食物给我的神情和姿态都很像我想象中的母亲。她的眼神是坦然的，她似乎没有看到众人都会看到的我，她看到的是一个纯粹的我。她透过我粗笨的身体，看到一个简单的孩子，并且以对待一个孩子的方式对待着我。

在图书馆工作的第三天已经是周五了，劳动周有五天，周一周二周三周四周五。临近劳动周的结束，学生们都开始懒散了，周五上午他们早早做完最后一点工作就离开了，他们一定是回到宿舍洗澡、洗衣服，开始迎接周末。周末会有家人看望，女生们还会相约离开学校去逛街。这是非常奢侈的一个周末，它开始得很早。通常我们一个月才有两次完整的周末，其他的时候都是要补课的，这是这所县城的寄宿中学提高升学率的固有方式。

周五的下午，图书馆只剩下了我和她。我坐在用来整理书的矮梯上，找到一个最合适的角度，由上而下探视她。她睡着了，头歪向一边，略略散开的发辫遮住了小半的脸。她的手和脚都很纤细，小腿尤其纤细得令人惊讶，完全看不到因怀孕而浮肿的痕迹，与臃肿的腹部对比显得尤其触目。她的胸部却有着迷人的柔润的线条，是任何一个婴孩都希望亲近的所在。她睡着了，鼻息均匀，面前的散落的发丝被微微翕动。看着她的睡颜，我只不知不觉眼皮发沉，伏在书架上，也渐渐落睡。我从未觉得如此安详，也未觉得如此宁静，我在现实和梦里，都期待这一刻能够延长，能够在我的生命里延续下去。我渴望成为她的婴儿，在她温柔的怀抱里沉溺。

勿惊勿怕心安详，汝之天使伴身旁。

我醒来的时候，图书馆已经只剩下我。夜幕已降临，图书馆的灯并未亮起，我被留在一片深深的黑暗之中。书的层层包围如在这个世界留给我一个角落，可哀歌可欢唱。我动了动喉头，却不能发出声响。我闻到一丝清新的水果芬芳，我打开灯，看见她留给我的是一小碗微微发白的草莓。我把它们一颗颗放入嘴中，汁液在我的齿颊中流淌。我如枯竭的土地被奔流滋润，同时被滋润的还有干枯的灵魂。借书卡上我认真书写的我前座的名字，突然都黯淡飘离，并湮没在黑暗里。我感知到的是我单薄的胸腔里剧烈跳动的心脏、我血管中奔腾的血流和我作为我这一个真实的、不容逃避的存在。

天　宝

幼儿园所有的老师都承认天宝是个有趣致的小孩子，有特别开朗豪爽的性格，不似一般小女孩的爱羞与扭捏，真正大气。小胳膊小腿结结实实，耐摔耐跌。摔落一个跟头，擦破点皮，不见天宝皱一个眉头，闪电般的工夫就爬起来，继续戏耍。

天宝连笑起来也特别有个性，嘟嘟的小肚子似乎产生微妙的共鸣，回荡着好听的“呵呵、呵呵”声。有老师仔细想想，说那笑声像煞了葫芦娃。那笑声是正义的、阳光的、明朗的，像阴天霎时被扯裂阴霾露出的阳光金边洒射的无边温暖。

每天八点半，天宝由她的妈妈送来上学，风雨无阻。天宝的妈妈是个美人，最挑剔的人也难在她的容貌上说出多少瑕疵。她身材略高，总有一些似有若无的笑在嘴角。眼神尤其清澈，羞怯犹在，对这世界似乎有一种不能确信的惶忧，而这惶忧在这么美的人身上尤其能引来一些哀怜和同情，让人由衷感叹。

看多了几次，有老师想起来、谈论起来，说天宝的妈妈不就是电视台以前的那个气象播报员嘛。说起以前，也是四五年前的事情了。那时候，社会新闻间歇穿插的天气预报本来是由一个没有存在感的中年男主持播报，后来换了个年轻女孩子。不过天气预报一向也少有人留意，大家只记得，在有意无意抬头看两眼电视的印象里，播报员是个好看的女孩子，具体长什么样，倒说不出来，如今看到天宝的妈妈，却能依稀回想起来。这个女孩子，播报了半年，就消失了，也没有在电视台别的栏目看到她。现在想起来，当年那个女孩子，就是天宝的妈妈。

再后来，他们谈论起来，她就是那个有名的电器连锁商人曹辛源的妻子，虽然很低调，虽然是第三任，不过确实是妻子，明媒正娶。

列新哲很清楚地记得沈云舒。他这一辈子也无法忘记沈云舒。旅居异乡的思绪浮荡里，夜半梦魇惊起的心悸里，他总不能躲开那个名字和那一张动人的面孔。

俞雅言很清楚地记得沈云舒。当时她是那档黄金时段的社会新闻主播。有一天录节目的时候，导播领进来一个女孩子说中间的天气预报换人播了。她拿下耳麦，很无意地看了那女孩子一眼。虽然心内一震，面上却若无其事地继续播报。几年之后，她有一天难得有空送小孩子去上学，看到从一辆白色车上带着孩子下车的少妇，她立即认出她来，即使是侧影，她也能认出她——她认识她已经有十年了。

俞雅言的母亲沈天晴有一个比自己小很多的妹妹，也就是说俞雅言有一个姨母。而这个姨母，只是说起来存在的姨母——俞雅言打小就没有见过她，只是从家人的闲言里知道一些关于她的琐屑。这一切源于俞雅言外公外婆的一时念头，他们在沈天晴十多岁的时候收养了一个小女孩，那孩子抱回来的时候是一个白皙可爱的胖丫头，他们也曾再历一次为人父母的宁馨。过了些年，他们的女儿沈天晴出嫁了，生了俞雅言，生活很安稳平静。而这个养女完全没能按他们的想法长大：她不是聪明孩子，自小读书并不好，他们希望她读完高中，进到一个国营的厂里工作，好好成一个家，但她从初中就开始交不三不四的朋友，高中没读完肚子就大了，没清没白地回来，任凭她的养母怎么说也不肯去拿掉那个小孩。她不说话，也不哭，个子高高的，站着像一根木桩戳着，在矮小的客厅感觉很局促；背微微驼着，昏黄的灯光下，一张脸看不清楚表情。当时，他们又羞又恼，就把城南的旧房子给了这个养女住，老两口搬走和女儿女婿住去了。

沈天心当时还要有半年才满十八岁，她也找不到那个让她怀孕的人了。她已经怀孕四个月了，每次胎动的时候，她懵懂地能感觉到一个生命在自己的身体里孕育。她脑子里唯一想的是，她终于能有自己的亲人了。她已经不记得父母的样子了，她十八年的生命里，也没有一个与她骨血相连的人。肚子里的这个孩子，是她的第一个也是唯一的亲人。在周围四邻的接济下，沈天心糊里糊涂地足了月，生下了沈云舒。沈云舒这个名字，还是附近的中学老师给起的。

沈云舒在城南的那套房子里度过了自己清苦但也愉快的童年。沈天心为了养大她换了很多工作：当过售货员，卖过菜也卖过花，后来自己做服装生意，四处打游击摆地摊。沈天心知道自己不难看，高挑的身材，微微上翘的眼睛，男人们或多或少愿意帮她的忙，只是没有人肯娶她罢了。跟着深夜的火车去进货的路上，看着车窗外清冽的月亮的时候；凌晨在服装市场抢货买货，拖着沉重的包裹一步步走的时候，她不知道，自己有没有一刻为自己十八岁那年的决定后悔。经年的操劳逐渐沧桑了她年轻时的容貌，她身体和脾性都不很好，但只是对自己的女儿充满一腔温存——她知道这个世界，她只有她，而她也只有她。

俞雅言第一次见到沈云舒是在沈云舒十五岁的时候。那时，俞雅言刚刚大学毕业，在电视台做实习记者。她有天回家，一开家门，看见家里黑压压一群人，她妈妈冲她使了个眼色就直接把她拖到房间里去了。

“什么事啊？”她问。

“你别管，今天没做晚饭，等等带你出去吃。”

说完，沈天晴转身，关上门出去了。

俞雅言靠在门口多少听出点什么。原来她妈妈想把那套老房子收回来，就让她外公外婆找来她的姨母沈天心谈。她外公外婆和沈天心之间本来也没有正式的领养手续，说起来沈天心是和他们家毫无关系的人，何况沈天心从来没有尽过赡养义务，以后也不需要她来尽，所以拿回房子是理所当然的事情。

她只听到门外沈天心苦求说：“拿走了房子，你们让我们娘俩住哪儿？”沈天晴波澜不惊地说：“你们住哪里我们管不着，何况你这么年轻，嫁人好了。”

然后，俞雅言听到了那个声音，一个小女孩的声音。她边哭边喊：“外公外婆，姨妈，求求你们，给我妈跟我住的地方吧，求求你们。”

她微微打开门，从门缝里看到一个十来岁的女孩子，跪在地上，泪流满面。让她震动的，不仅是那个女孩子的凄苦恐惧，更是她那还未长开的脸上蕴藏的美——她的五官细腻柔和到像一首诗。俞雅言那时正是对容貌最在意的年纪，她也一直自认算是个美人，只是这个小女孩的样貌亦让她暗自吃惊。

或许是对着孩子难以口出恶言，全场忽然变得沉默。沈天晴生硬地推开沈云舒拉着她衣角的手。

那天晚些时候，沈天晴到俞雅言的房间同她聊天：“你别觉得妈妈狠心，妈妈都是为了你。你也不小了，很快也要结婚，要是单位派不到房子，我和你爸想着，把这套房子给你结婚，我们搬回城南去。”

俞雅言知道她妈妈的意思。当时她交了个男朋友，除了满腹才华，却是一穷二白。她父母一向宠她，自然不至于为难她，但是，她自己何尝不是在为难自己的父母。

“别烦了。”她淡淡地说，“以后的事情谁知道，我还不想在这房子里结婚呢，住了二十多年，住腻了。”

而同一刻，十五岁的沈云舒，缩在自己小床的被子里，眼泪却打湿了枕头。她心里害怕的是，这一个小小的蜗居，下一刻就不再属于自己。

城市的傍晚，昏鸦低飞，每个人都有着回家的路，都有着属于自己的一扇灯火闪亮的窗口。沈云舒，只是那么想有自己的家。

俞雅言不知道自己后来与列新哲分手是不是与这件事情有关，但这件事情确实给她触动——无法生存，何谈高雅的精神；不能够生活，美亦要被摧残。她无由地想起来那个女孩子美好的面孔。

列新哲当时在美术学院读研，本来打算毕业后去一家高校或者从事创作，经过这一次分手，后来去涉足现代艺术作品市场，再后来出了国。他回国以后，开了一个在本市相当有名的画行，把一些看中的青年画家的画加以概念包装，送到国外去拿奖，再回来出售旧作新作，如此往往可以卖出很好的价钱。在这一领域，他已经是非常熟练的商人和操盘手。他人无法知晓的沧桑让他逐渐衰老，细微的法令纹在他的脸上形成奇妙的分割，却让他比年轻时候的清俊更具魅力。

几年后，俞雅言和列新哲再次相见时，俞雅言已经是电视台的当家主播，列新哲亦是颇有名气的画家经纪人和画廊主持。他们再见面时，俞雅言深刻地感觉到了列新哲的变化：他对她已没有青春期的迷恋和深沉的爱情；他看她的目光，不比看一件艺术品深情——她几乎能感觉到他在评判、挑剔、估量着对方的价值。这种审视里面，没有私人的感情。这让俞雅言破灭了最后一点幻想，道完再见后几乎真可以形同陌路。

此时的俞雅言，仍然是单身。人们往往是这样，错过了最好的结婚年纪后，结婚就变成了一件遥遥无期的事。适合的对象永远不能到达，结婚的决心也十分难以落下。

这时的俞雅言，有几个不错的追求者，在经济上都十分让她满意，但是，经历过列新哲的俞雅言，总觉得他们的面目不免俗厌。

天宝喜欢跳小熊舞，天宝最喜欢吃双色土豆球和薯饼，天宝喜欢穿全是点点的、好像七星瓢虫的衣服。曹辛源看着天宝撅着胖胖的小屁股在沙发上爬来爬去，或者像炮弹一样冲向他的怀里，心里由衷地欢喜。他有五个孩子，最大的十四岁，最小的是天宝；这五个孩子，四个是他亲生的，一个不是；这五个孩子，他最喜欢的是天宝，虽然天宝不是他亲生的小孩。

他结了三次婚，前两次婚姻各给他留下两个小孩，后来他遇到了沈云舒。那时候，沈云舒刚生下天宝不到一年。他娶了沈云舒，给了她和天宝一个家。天宝从会说话就喊他爸爸，他听天宝喊爸爸，一听好几年。在两次失败的婚姻后，以前的小孩因为跟着母亲，被培养出一种对他阳奉阴违的脾性，所以真切的天伦之乐对他来讲遥远也可贵，而这些是由天宝弥补给他的。

所谓的日久生情大概如此，用在小孩子身上也一样。早年他为生意奔波，几个小孩自小由他们的母亲和保姆照料，他至多是每年在家良少的休息日子里逗弄逗弄他们，抱都没有抱过几回，手脚都不知道往哪里放。他总觉得陌生，一年见不到几次，小孩突然就长大了，站到面前非常有礼貌地叫爸爸。不是不好，只是觉得不该是这样。当然，他也知道，是自己不好。

天宝是好运的。他和沈云舒结婚的时候，正是他事业发展最稳健的时候。强大的商业网络已经布下，他也有一帮很得力的助手，加之当时对沈云舒很迷恋，因此他大部分时间都待在家里，而那时候天宝正小——所以，新的家庭生活的重心，倒是在照顾天宝上。沈云舒是个好母亲，事事亲力亲为，保姆除了洗洗小孩大人的衣服、做做饭，基本上是不需要抱小孩的。沈云舒和天宝之间，似乎存在着一个神秘的摇铃。天宝一醒，摇铃就响了，于是云舒起来喂奶、换尿布，抱在手里浅吟低唱着哄她睡觉。云舒好像一个超人，不会疲惫，不会埋怨，不会厌倦。是不是那个时候积累起对她愈加深厚的爱，他也无从说起。他从不知道，一个女人做母亲的时候会那么美。因为沈云舒觉得尿不湿对小孩不好，坚持用古老的棉纱尿布，他不记得给天宝换过多少次尿布、晒过多少次尿布，还有天宝在他膝上尿湿过多少次。他还记得天宝每次解大便，他学着像一个真正的父亲一样，观察大便的颜色和质地，看小孩子够不够健康；他还记得天宝因为小儿肠胃炎住院的时候，他怎样整夜地陪在天宝身边；他还记得天宝的支气管炎被误诊成哮喘的时候，他多么难过。他看着这个柔弱的小人，一点点地长大、强壮起来。这其中的感动凝聚在天宝喊的第一声“爸爸”上。

那天天宝自顾自地咿咿呀呀着一些旁人听不懂的语言。正在爬垫上玩的时候，她突然回转头，看着他，喊“爸爸”。他惊讶地跑到天宝面前，说：“天宝，再喊一声，再喊一声。”天宝却不理他了，又开始自己玩。他逗弄天宝的小脚丫，天宝笑得咯咯响。他亲天宝胖乎乎的小脸，用胡茬轻轻地扎她，一声声央告她：“再喊爸爸。”她却始终不喊。云舒从厨房里出来，他告诉她天宝喊过“爸爸”了。云舒也跟着逗她再喊，可她那晚始终没有再开口，云舒笑他是幻觉。天宝的第二声“爸爸”是一个礼拜以后才喊的，后来就喊得很经常很流畅了。曹辛源始终觉得，天宝的第一声“爸爸”，好像是他们父女俩之间的一个秘密似的。

曹辛源的电器生意，在和沈云舒结婚后，发展得越发好。本来只是在本省内连锁网络颇广，后来，逐渐发展至全国主要城市，甚至铺及县级地区，同时产业拓展至酒店、商场和房产。他去请了高人算命，说是有子福助他。他与云舒结婚后，并没有生育小孩，这五年，他添的小孩只有天宝。所以，他觉得天宝旺他，对天宝更添了喜爱。

也不知道是不是有一种心理暗示，明明知道天宝不是自己的亲生小孩，他却总觉得天宝长得像自己。天宝不漂亮，没有继承她母亲一丝半毫的美貌，一张脸长得粗拙，肉肉的小鼻子像揪了个小面团按上去似的。粗眉毛、细细眼，倒是一口牙齿整齐雪白，不知道换牙后会怎样。

只是这样一张丑丑的脸，笑起来却十分生动，有发自肺腑的欢乐，相当感染人。做生意的朋友中不知情的，都会说，你家女儿长得真像你，肉鼻子，能发财的。他只是笑应。

俞雅言不是不喜欢曹辛源，她挺喜欢他的地位，也喜欢他的钱，只是这一切还没能压倒对他长相的厌恶。一张粗拙的脸，肉肉的鼻子像揪了个面团按上去似的，粗眉细眼，只一口雪白牙齿略为可喜。对他的邀约，她偶尔参加、偶尔推托；对他的身家，她反复考量。当然，若她知道他后来能如此发达大概就不会这般犹豫。当时对他的殷勤，她只是且且敷衍。

曹辛源当时很喜欢俞雅言，或者说是一种倾慕更合适，就像小学时代，总有鼻涕邋遢的男生喜欢小树苗般挺拔而骄傲的班长一样——她茸茸的头发可喜，她别着两条杠的胳膊走路很耀眼。曹辛源很符合财富跳一跳、妻子的素质跟着跳一跳的那种典型暴发户的思路：刚开始，他是抛了在某小企业当会计的发妻，娶了一个漂亮的女护士，缘分来自他的一次结石住院；后来，他和护士也离婚了，因为他发现这个清秀的小护士，在跟着他的几年时间里，除了生小孩、买衣服，没有其他想法。说他花心也好，说他贪婪也好，他总有一些不切实际的想法。就像当年从供销社的稳当行业跳出来自己做采购，后来从电器大亨到建立庞大商业网络的雏形，对女人，他也有不切实际的想法。他总希望，有那么一个女人，从容貌到智慧，都让他景仰，让他死心塌地。她出现的那一刻，他的人生就找到了真正的归宿，不必再折腾了。

当时，他以为俞雅言就是那个女人。他喜欢她俏皮的短发、幽默的谈吐和她在电视上伶俐聪慧的形象。他定点地看她的节目，尽管内容家长里短，十分无聊；他适时地约她吃饭，送上可心的礼物。一切按惯例发展，他以为自己可以收获这个女人，可是她始终若即若离。这一来一去，有了两年多的时间。俞雅言是有着很好的定性和自信的，却忽略了男性的倦怠感。就在曹辛源的注意力已经开始浮动时，导播将沈云舒领进了俞雅言的演播室。俞雅言认得沈云舒。她在少女时代，隐藏而天成的美已经舒展，现在的她真正眉目如画、秀美出众。初和沈云舒重逢的那段时间，俞雅言莫名地喜欢照镜子，隔一会儿，就不由自主地照一照。似乎，镜子里的那个存在，才能鼓励自己，告诉自己依然是美人，不必惭愧的美人。

这份工作，对于沈云舒来说，来之不易且意义重大。当时，天宝刚三个月，沈天心胰脏炎住院，她需要一份稳定、有空闲时间照顾老人小孩且报酬丰厚的工作，而这对于连大学也没有读过的沈云舒来说，近乎幻想。

那段时间，她在沈天心熟人的儿子开的广告公司里打杂。那个男人是从电视台跳槽出来的，和电视台业务往来很多。那天，电视台的一个栏目主任顺道去他们公司拿样片，一眼就看到了在茶水间的沈云舒。他在这一行当见到的好看小姑娘太多了，像花儿一茬茬长起来，早已没有了怜香惜玉的心情。但那天，看着在辛苦换水的沈云舒，他重又萌生怜香惜玉的心情。刚生育完的她，有一种虚浮着的胖，反而因此有一种婴儿肥的少女气；简单衣衫的她，微微蓬乱的头发简单扎着，还跑出来几缕留在耳畔。她的耳朵精致得像是玉雕的，且白皙且小巧，质感透明；她的目光像小鹿一般飘忽躲闪，似乎扫过他，又似乎没有。

他找来她的电话，过了几天，打给了她。他约她出来，很直接地问她，需要不需要一份工作。她的情况，他已经从别人那里打听到了。他对她说："我是很愿意帮助朋友的，你现在的情况也需要帮助。你愿意和我做朋友吧？"

沈云舒很清楚他的意思。在她不大的年纪、不长的人生里，已经听过许多次这样的提议。她拒绝过很多次，她原本有清明的心。可这次不一样，她有了天宝，她要为她而活着。

在酒店的莲蓬头下，水洁净而温暖，她站在下面很久很久。她没有落一滴眼泪，她觉得这次交换很值得——她不是交换来钱，而是交换来一个未来，一个她和天宝的未来。

他在她身边忙碌了很久，还是一筹莫展地转身睡了。他不愿意开灯，不愿意让灯光见证他已经衰老的身体。

纵然是这样，他还是如约给了她那份工作。于是，那一天，导播把沈云舒领进了演播室。那一年，许多观众依稀有印象看到过一个即使在粗糙浓艳的电视妆后面依然美丽的女孩子；那一晚，一个女孩子的面孔，击中了曹辛源的心。

曹辛源照例地打开电视，看俞雅言的节目。那天他看的是夜晚的重播。他已经有点困了，疲倦地打了两个哈欠。插播天气预报的时候，他起身去冰箱拿了一罐啤酒，等他再回到电视面前，画面里那个女孩让他忘记了一切。冰凉的啤酒罐上凝结的水珠一滴滴从他的手掌滑下，滴落到地板上。像有一阵风吹过，一曲清新的弦乐轻轻拨动着他的心。

说美人要美成什么样的，她就是写照吧。连手指都根根长得好看，无可挑剔，阳光下她的皮肤白皙近乎透明，纵然是没有灵魂，即便是恍惚一笑，也能让最狠心的老人动容。

为她流泪吧，哪怕这一辈子的眼泪也落完。

为她歌唱吧，就像夜莺在月色里呕心沥血。

为她祈祷吧，哪怕把人生所有的幸运都赠予她。

为她疯狂吧，总有一天你会了解这些都是值得付出的代价。

为她爱吧，就像你真正年轻过、真正爱过一个人一样。

几天后，当曹辛源在电视台的门口第一次见到沈云舒的时候，他开始了他的恋爱。似乎是初恋的来临，他人生第一次不知所措地慌乱。他面对她不知道该做什么，该说什么，手和脚都无处安放。思想浮在云端，脚步踩在柔软的梦境里。他已经打破了以前的一切想法，在她面前，没有原则、没有要求——她已经有如此美貌，又要智慧做什么，又要贤良做什么。她静是一幅画，动是一幕剧，不发声是默片，发声是咏叹调。

她不骄矜，似乎对自己的美貌缺乏认识；她有些羞怯，他对她的好总让她受宠若惊；她亦坦白，在相识了几个月、他对她谈起结婚的提议后，她说起自己有一个不足周岁的孩子，而且是非婚生。当时，他没有一秒钟的退缩和犹豫。他说："没关系，你的孩子，就是我的孩子。"

他那么迫切地希望她属于自己，他觉得这是对他人生的赞美，是他莫大的辉煌和荣誉。他第一次觉得美丽的女人原来是最高的勋章，远胜过获得财富的喜悦。即使许多年以后，美貌凋谢，也有不朽的时光，值得被收藏。

俞雅言在电视台楼上的落地窗旁，每天看着曹辛源的车载走沈云舒。后来，有一天录播，她没有看到沈云舒；后来，她听说她辞职了；再后来，她听说他们结婚了。

隔年冬天，俞雅言飞快地把自己嫁了，嫁了一个大学老师，十分体面。只是结婚的那天她不喜欢。那天冰雨交加，灰白天色，穿着婚纱迎接宾客的她觉得冷到骨子里，更兼以看到自己瘦到青筋暴出的手，她莫名有一种嫌恶。衰老如魔鬼，不期而至。巧合的是，她结婚的那家酒店，也隶属于曹辛源。

天宝，天宝。哄着她睡觉、摸着她的小手和小脚、听着她匀净的呼吸的时候，沈云舒偶尔会想起天宝的父亲。这是不能说的秘密，她从没有说起过。妈妈心疼她，没有问过；曹辛源体贴她，也没有问过。

人人都爱她，人人都想照顾她，而她爱过谁？想起来，她一生唯一的爱，发生在她年纪还小的时候。人人都爱她，只有他不爱她；人人都想照顾她，只有他辜负她。

那时，沈天心在夜市摆摊卖衣服。因为有两家夜市生意都好，她摆了两个摊子，一个摊子自己看管，一个摊子给女儿看管。沈云舒看管的那个夜市摊子在一所大学的旁边。云舒每天都出摊，她的生意比别人都要好，那些学生们喜欢买她的衣服。沈云舒的摊子旁边是一个卖羊肉串的老头，跟着生意也不错。有个俏皮的男生，每隔两天都来买羊肉串吃，边吃边打趣沈云舒一两句。

“你生意好吧？”

“还好。”

“你知道你生意为什么好吗？”

“不知道。”她黑乌乌的眼睛看着他。

“你发现没有，你穿在身上的衣服特别好卖，她们总要买你穿的，对不？”

“是啊。”

“因为你穿得好看啊，以后你把所有衣服都穿身上，她们就都买了。”

她害羞地笑，笑容好看得让他突然有点呆了。他一向认为自己的女朋友是最好看的，只没有想到，也不得不承认，好看之外还有更好看的。

他专修美术，了解艺术如何去表现一种超然的美。可是，当他看到她，就只觉得真正的美，还是存在于真实的世界，而且也许无法用任何艺术手段全然表达。当时的空气、温度环绕着周身，血液在身体内奔涌，感官被敏锐地激发，一切形成一种美妙的协调，带来的是可以称为生之喜悦的内容。

这样一去几年时间，许多个夜晚，春风沉醉，秋叶萧索，他们倒成了熟人。她看着他，从粗疏少年样，变得愈加沉稳。她书读得不太好，上大学是一定没有希望的，因此心里非常地仰慕他。她看着他每天手臂里夹着不一样的大画册，有时印刷的还是看不懂的文字，就觉得他的世界离她很远。

俞雅言终于和列新哲说起分手，她说我已经二十六岁了，我耗不起，你不给自己机会没有关系，我也要给我自己机会。

“看来你有很多机会，只欠缺一个名正言顺接受机会的身份了。”

“列新哲，这不是我的错。你对我也有责任，而你并不想负起这责任。你的不努力，不是对你不负责，是对我不负责。”

“责任，这个世界我最怕的东西就是责任。”列新哲道，“说到底，没有学会攫取财富的方式，是最大的不负责任。”

列新哲先前因为兴趣从一个老教授那里学了一些识画的方法，毕业后，干脆就搬去老教授家帮他整理书稿，顺带学习鉴画，一学就是一年。期间，自己也做了几笔倒卖画的生意，没想到收入十分可观。

教授告诉他：“我知道你到我这里不是为了学道，或者说不是为了学画的道，而是为了学另一种道。我不怪你，现在能这样做的人也不多了。与其让那些不懂画的人去操作市场，还不如有你这样的人。不过你想把这生意做大的话，还是走出去看看吧。”

列新哲办好了手续。预备出国前一个月，鬼使神差地回了很久没有回去的学校。那个夏夜，宁静安详，月朗星稀。他走到了学校的后街，又看到那个女孩子。她依旧好看，可能更加好看，年岁的增长让她日臻完美。

他看到她，隔着马路向她招了招手。她的心快要跳出来。她已经很久没有看到他，差不多有一年那么久。他还是那么好看挺秀，手插在裤兜里，笨拙迟疑却讨喜，眼睛闪闪发亮，像有着魔法的光芒。

她匆匆收了摊，急忙奔向他。他替她拿着衣服袋子，两人在学校里，漫无目的地闲走。说起来，这是他们第一次单独相处。

“我要走了。”

“去哪里？”

“去国外。”

“去多久？”

“不知道。”

她看他，他未留意。她转过脸悄悄看他好多次，心里是不愿，却乖觉收敛。她多想说请不要离开，可是她并没有资本说任何一些话。

他突然转头看她，看到她盈盈的眼泪，心却软了，说：“不要哭，你哭做什么，不要哭。”他轻轻地抚摸她的后背，像抚摸一只小动物。

“你喜欢我么？”

“我喜欢你。”

“喜欢我哪里？”

“什么都喜欢。”

“我又不好，我不能赚钱。”

“你什么都是好的。”

优柔寡断我喜欢，毫无斗志我也喜欢；一个人什么事情都做不了，我还是喜欢；感觉迟钝我喜欢，你的笑脸我最喜欢。若你真爱过一个人，你应当了解，那是一种多么无知而放任的情绪，而且因为其热烈程度和对人生可能造成损害的程度，你大抵一生只享用一次就够了。

一个盛情的吻和最初的孩子胚胎是相似的，并不高深的交汇点处密布着枯涩的结果，恐怕谁都难以逃脱。这一晚有了天宝。月与云的欲语还休的温存里，许多个天宝像天使一样飞舞在人间，其中一个钻进了沈云舒的怀抱。

“天宝，天宝，你知道么，其实你的爸爸是个画家呢。”

这许多年，列新哲走过很多地方，见过很多人。他很想见到一个人，又那么不愿意见到。他不愿意走到人生的某一个节点重新再走一次，从那里留下的蛛丝马迹里追忆时光、追忆一个人的模样。她对于他来说，像他曾求艺的梦想，遥不可及。他曾经幸运而真切地拥有，他又决然地早已选择放弃，即使他已经把她收藏在灵魂里。

曹辛源不知道如何可以更疼爱天宝。他喜欢她懒洋洋地靠在他身上；他喜欢她走路小手拉起他的大手；他喜欢她在他打牌的时候跑过来，帮他抓牌；他喜欢她总是小心地把她认为好吃的藏起来，等他回家悄悄拿给他；他喜欢陪她写作业，帮她默写，监督她描红，教她念英文；他喜欢给她洗小脸小脚丫；他喜欢看着她长大；他喜欢挽着她走进礼堂——送她出嫁的那个人会是自己。

沈云舒觉得天宝长大后一定会过得比自己幸福。而对她来说，即使春夏秋冬未再遇或共度，即使没有能在地球的尽头拥吻，即使在这星球如刹那光华般相遇又消失，至少她还拥有天宝。

殷公子的爱情

殷公子是去年 12 月 22 日结的婚，那天也是他二十七岁的生日。

实际情形也许没那么壮观，但是，那天，那个五星级酒店的主宴会厅里的人着实兴奋是真的，尤其激动的是殷公子的母亲，因为这桩婚姻完全来源于她孜孜不倦的努力与奋斗。

我父亲也列席其中。一向沉默寡言、不喜欢表达好恶的他，回来很诚恳地对我的弟弟们说，新娘是没有你们大姐漂亮的。

为了避嫌和扮演好伤心人的角色，那天晚上我一直闷在自己房间，打了两个国际长途和三个港澳台电话，把曾经对我青眼以加的国际友人和港澳台同胞全部调戏了一遍。

子夜时分，喧嚣的人声散去，路灯垂影昏黄。我还没有睡，想起殷公子，现在大约是春宵值千金的时刻。我诚不是小肚鸡肠的妇人，但到底也有私心。父亲嘴里，那个容颜姿态皆不如我的女子，到底是嫁给殷公子了。这也俨然是猎猎作响的胜利旗帜，就算一切皆是我的选择——到底，看上去，我还是不成功的那个。

三年前，我大学二年级。学校在城市闹中取静的一处地方，传说是明朝某公的私家花园。学校牌匾上面的字古拙方正，一如它所彰显之气度。名校自是名校，附近菜场卖水果的小贩腰板也挺得比别处的直一些，因为他们可以夸口道："某校的学生，是常常到我的摊子买水果的。"

无论四季，我最爱的水果只是火龙果。我喜欢它模样艳丽、果肉糜软，可以毫无抵挡力地滑润齿颊。只是它容易腐烂，需当日买才新鲜。每日悠闲地骑车去买水果的时候，我还不能知道我的人生会有怎样的突发事件。我安静地读书，热闹地赴各式各样的约会，眉毛修好的弧度从来不会出错，每个礼拜做一次面膜，每月订三份时尚杂志，去固定的店定做衣裙。女子的美丽天生的很少，看似的自然不过是精心造就的结果，我早懂得。

那天我在水果摊前挑火龙果的时候，注意到了身边的妇人：她大约四十岁年纪，可能更大一点；皮肤白皙细腻，一双手亦饱满毫无老态；手指甲修剪得很整齐，呈规矩的椭圆形。她离我不近，但也不能算远，已经到了正常人要防备的距离。我斜睨了她一眼，笑道："这家的水果是不错的。"小贩大喜，乐滋滋地挑个大色鲜的果子往我兜里塞。她很客气斯文地笑笑。我不由多看了她一眼，觉得眼熟。剧情像阿加莎的小说一般发展，一个修女始终出现：一个修女出现在提莫西·亚伯尼瑟先生家门口，一个修女在里契特·圣玛丽被看见，还有一个修女在亚伯尼瑟先生死前出现——她们是同一个人。眼前的这个妇人，我自然是见过不止一次的：上周的公共选修课上我瞄见后排座位有个中年妇人，因为那门课是"插花的艺术"，所以情有可原；但是她至少还在开水房附近出现过，甚至有一天坐在楼下管理站和管理员聊天。问题是她都被我看见了，换言之，我也被她看见了。

今天，她出现在我身边。从眼睛的余光里头我能感觉到她对我的兴趣比对水果摊上一个一个漂亮果子的兴趣大。

我转过头，正言探问："阿姨，我想我们见过好几次了。"

可能因为我打扮得当，亦有相貌模样，她一如数次我在街头碰到的经纪人，想找我做模特。但即便这样也不必如此辛苦。

"李念恩。"她说出我的名字，十分气定神闲，面带笑容。

我大概有点表情僵硬："你认得我？"

“我是你父亲的同学，晚上一起吃饭吧。”

我以整齐刘海、黑白水玉圆点发带、白色高腰连衫裙和黑色薄软小开衫的打扮赴约。黑色纤细皮绳项链温柔地绕过脖子几圈，手腕上亦是呼应的手链。

那餐饭在某高级餐厅食用。她多说些不咸不淡的话，毫无涉及重点，我也知道言多必失，只听着而已，偶然回应几句。两人各怀心思。

后来的几天都没有再见到她。

周末回家，我和爸爸说起这件事情，他似乎完全不惊讶：“是我的大学同学，我早知道她要去见你。”

“为什么偷偷摸摸来看我？”我想起俗套剧情里头，单身年轻女子抛弃的私生子被他人收养，待长大成人以后不忍偷偷去探望。我的表情不由凄苦：“爸，难道我不是你亲生的？”

“因为人家看上你啦。”二弟探过头来插上一嘴。三姐弟就他最顽劣无度，一对顺风耳天天偷听家人说话。

爸爸冲他挥手道：“旁边去。”他一向宠我，倒不见得多喜欢两个弟弟。

“你知道她是谁么？她是殷学而的夫人贺敏男。她从商，做能源生意，亦插手房地产。”殷学而是高官，这个我晓得，打开电视每天都能看见的人物。

“这两个人怎么会跟你有关系？”我想爸爸不过是一个大学老师，而且半辈子下来也不过是个讲师，因为他不爱拍马溜须，更不会趋炎附势。

“他们是我大学同学。”

“人和人的命运果然不一样。”我不怀好意地看着爸爸。

“这样说吧。贺敏男在你小时候见过你，挺喜欢的。现在你长大了，她听人说你读的是好学校，人也漂亮，就动心想去看看你。她想找个清楚家庭底细的女孩子给她儿子做女朋友。”

这年头居然还有父母之命。不过他们这样的家庭，恐怕是不得已，因为生怕儿子领个不三不四的回去坏了体面。可怎么会看上我呢？小家小户，而且，我委实谈不上有淑女风范的。

“她看完肯定就算了，这事不会有后文的，爸。”我不在乎地起身要走。

“也是。”爸爸也似乎不经心的样子。

“对了，他们有几个儿子？”

“就只一个。”

“那嫁进去倒也不错，地位家财都只属一人。”我嘻嘻笑着走掉了。

一个礼拜之后，殷家人光临寒舍。最可贵的是，百忙之中的殷学而居然也出现了。司机教养很好，只负责开关车门，不多看一眼，不多说一句。

殷学而和贺敏男，带着他们的儿子，迈入我家狭小玄关的时候，看着爸妈忍而又忍却又禁不住诚惶诚恐的表情，我才知道什么叫真正的蓬荜生辉。

大人在客厅私语，两个顽皮的弟弟早早被锁进卧室，殷水南被安排进了我的房间。妈妈临关门的时候温柔地对我说：“念恩，好好照顾客人。”这完全不是她平日的粗疏作风，我鸡皮疙瘩落了一地。

这是我第一次见到殷水南，或者说殷公子吧，因为我一直喊他殷公子。对我来说，他的身份比名字更富于意义。

他有一张没有个性可言的脸，很容易淹没于众人中。现在让我再回想起他的脸，印象依然是一片模糊，好似我们从未亲近过。他有和气的面孔，圆脸蛋、圆脸颊、圆下巴。他身材并不高，有笃厚富足的胖，连手指头都肉肉的。我喜欢婴儿胖到有五个肉窝的小手，却未必喜欢成年男子的婴儿肥。不过一切都无可争议，他是殷公子，母亲分配给我的任务是讨他欢颜。

他看到我笑了，说其实这不是我们第一次见面，小时候我们见过。

“有么？”

“幼儿园的时候，机关幼儿园和师大附属幼儿园联谊，你记得么？我们见过。”

“完全没有印象。”

“你那时候就很好看，比别的小姑娘都要干净。”

我不知道五六岁的小男孩也有自己的审美观，我以为他们只是一味依赖漂亮的幼儿园老师。

那次联谊演出的是童话剧，我演的是漂亮公主的侍女，漂亮公主是由某局长肥胖的女儿饰演。“你呢，你演的什么？”我好奇地问道。

“我演的是蜗牛。”

“蜗牛也是不错的。”我说着起身去顶橱翻相册，“我有旧照片，找找看。”

那张照片果然被找到了：侍女天真烂漫地穿着白色荷叶边裙

子，蜗牛在照片的角落，看不到脸蛋，只看到因为趴着而撅得高高的屁股。

真神奇，原来我们早见过，但是现在在路上遇见也不会认出对方。

“现在认识也不迟。”他看着我，不掩饰眼睛里的欢喜。

我从太多男子眼里看到过这样的光芒。我以精确的表情回应他，亲切而不亲昵。

大人们的讲话终于结束，喊我们出去，像是一个交代，把我们俩送作一起。殷学而做了总结发言：“这件事情，我们双方大人都是很满意的。希望你们好好相处。”

殷公子竟然主动牵过我的手说：“好的，好的。”

晚上我吃了五个火龙果，然后胃胀到抽痛。我捂着胃，蜷起双脚坐在十年前买的条纹沙发上。

妈妈路过客厅只对我神秘一笑。她一向心思简单，只认为这是天大的好事，我应当开心。爸爸过来说：“该睡觉了，晚了。”

“爸爸，我并不适合他，我并不想与他恋爱。”

“难道就容你和那些所谓的文艺青年恋爱么？从雕塑系到摄影系，你换了多少男友？这件事我不能护你，我想你好，哪怕违你心意。”

回到房间，床上的手机里早堆满了殷公子发来的消息：“晚饭吃了吗？”“喜欢散步吗？”“在看电视吗？”“在陪家人说话吗？”末了是：“我很开心，你已经是我的女朋友了吗？”

我没有回复，关了手机，关了灯，就睡了。不晓得为什么，眼泪吧嗒吧嗒地落在枕头上面，打湿了耳鬓。我不是善感的人，只是失落无以隐藏。

下课后殷公子来学校接我，载我去吃饭，这是一般恋爱的步骤。“喜欢吃什么？”

我指着水箱里招牌样的那个硕大无比张牙舞爪的波士顿龙虾，说：“我就要那个。”

两人孤坐着足以坐十人的大桌。我埋头菜单不停歇地点菜，不管不顾服务生屡次“菜已经够了”的好心提醒。一桌菜我浅尝了几口便说饱了，他也不多逗留，结账带我离开。那只虾到底孤单地留在桌上无人问津。

敞开顶篷在湖边兜风，我一直沉默。他小心翼翼，问我是否一向害羞。我虽然年纪不大，但早非初恋，比他年长几岁的男子也敢调笑。只是他看我乖巧，以为我天真。

兜了几圈他送我回去，他规矩得紧，待我的口气言行只如妹妹。

再一天，一起去逛店。我在Cartier的柜台挑了一个最粗的玫瑰金镶钻的love手镯，满眼的金光灿烂。

认识一个礼拜后，他吻了我，浅尝辄止的那一种。这个时间，不算长，也不算短。

一个月后，家中生活已经有了很大改变：我们搬离了住了十几年的教工宿舍，搬到了高档住宅区；两个弟弟都被转学去了实验学校；爸爸的领导在升职评核中力荐他。亲友忽然频繁拜访，并且喜欢拉我的手、摸我的额头说话，一如对待珍宝。他们频频向我父母暗示，顺利的话今年就早早把婚给结掉，免得夜长梦多。

我在房间里吃冰，放柔滑草莓酱和新鲜草莓几粒，鲜红卧雪白，十分凄艳。我和殷公子的感情，已经经过了我诡异的反抗期。我开始习惯收敛个性，享受地位和金钱带来的优雅乐趣。

我已经习惯去最好的美容店做脸部和身体护理，挑最好的发型师打理头发，也懂得刷卡到手酸却不动声色。保持容貌身姿从来是要务。我吃很少的食物，练习瑜伽。

他每天晚上送我到楼下，依依不舍吻别离开。待他走后，我每每去这个城市最有名的酒吧区喝酒，找一个完全没有人注意的昏暗位置，一杯杯落肚，身体彻凉，喝到去卫生间呕吐，然后洗干净头脸，打车回家。家人只以为我约会疲惫，并不介意。

如果不是遇到殷公子，我的人生会怎样？也许我真的会和某个长发飘飘的文艺青年达成深情，一起看半价学生票画展，一起听草地音乐会。我会被拥在肌肉有力的怀抱里，而不是一堆肥肉里。

我不是介意他胖，只介意我的爱情无可选择。我一向自诩高才生，种种小伎俩让我与男子的交往游刃有余、易如反掌。他给予我骄傲，亦让我感觉挫败。

我的能力终不能改变这个世界很多，我的世界只是倚靠他而获得改变。

我开始不爱读书，不爱看老师的厌倦嘴脸，因为他们日日教导我的用功读书并不能换来一个新的世界。这个世界运转的模式和规则，早已注定。

我常常翘课去闲逛，只是下课时间准时到班，待殷公子接我去吃晚饭。虽然时日良久，倒也不露痕迹。

每年的七夕节学校按惯例举行盛大的游园会，各种马戏团杂耍团被请进校园，各设场地，热闹缤纷，路上总能遇到大红鼻子的小丑送糖果和气球给你。我漫无目的地逛着，被一大群人吸引去，不知不觉被挤到圈子中间。他是被邀请来的魔术师，穿白色宽松衬衣和黑色笔挺长裤，像暗夜公爵一般英俊不凡。他正在场中表演，忽然走到我的身边，在我的鬓边，手轻轻一晃，摘出一朵玫瑰，如刚刚摘剪下枝头一般娇艳欲滴，上头还有清亮露珠。他微微欠身，优雅地把玫瑰递到我手中，周围的人一阵起哄，我面孔绯红。

我很快退出人群，慌乱中跑进了附近草地上的一个红色丝绒帐篷。帐篷里面有一个三十多岁的波希米亚装束女子，栗色的蓬松卷发散落，盘坐在地毯上，面前是一张玻璃桌。她唤我前去，我坐下来才知道是塔罗牌的算命术。

她让我把二十二张大阿卡那牌洗好，瘦长的手做了一个手势让我切牌、选牌，然后开牌。她逐一讲解给我听："暗示过去的 A 位是正位的力量，由于你的勇气信心和全心全意的付出，你得到了大家的信赖，表现得活力充沛；暗示现在的 B 位是正位的教皇，你正在不知不觉地接受知识，受到教育，你尊重现有的组织和社团传统，将自己置身于原则之下，你正适应这一切；暗示将来的 C 位是正位的愚者，你将做出出乎意料的事情，你会不顾风险，勇敢地付诸行动，这虽使别人感到惊讶，你仍没有怀疑和恐惧；暗示现状的 D 位是正位的节制，目前的形势很平静，虽然是简简单单的，但一切让人感到心安；暗示解决方法的 E 位是逆位的月亮，你遇到的问题，没有人可以帮到你，你得自己去面对，去克服自己的心魔，逃避和退缩不是解决问题的方法。”

她的声音仿佛从肚腹中传来，低沉含糊且伴有奇怪的小小的咕噜声。她说完我若有所思。她对我说若要表达诚意便需要将身边最贵重的东西留下来。我摸到手上那个 Cartier 手镯，毫不犹豫地褪下来递给她。

走出帐篷，一个男子递给我一只气球。我以为又是小丑，接过来习惯地低头道谢。这时气球忽然砰地炸开。我吓得松了手，抬头看见天空呼啦啦飞过了一阵白色鸽子。我正惊讶不止，看到面前的男人原来是刚刚那个魔术师。

“你好，我是岛也。”

“哦，你好。”

“不自我介绍一下么？”他笑道。

“我是戏文系的李念恩。你表演得很好。”

“我是哲学系的研究生，今天来客串演出的，我们都属于人文学院，我可以说是你师兄。”

“师兄你好。”我忽然忍不住打了个大喷嚏。这段时间我的鼻炎发作，根本不能靠近花草。

“原来你对花过敏，抱歉。”他灵巧地又递到我面前一朵花。我正紧张，他手一抖，花变成了一块崭新的手帕：“送给你。”

我接过手帕，还没有缓过神来，远处有人喊他，他冲我挥挥手道了声“下次见”就走了。我仔细看手中的手帕，四周是精细的钩织花边，图案是黑色的猫咪和红色气球，翻过来的小小商标是 Paul joe sister。

七月殷公子出差，我难得的自由身，在这个时候又碰到岛也。

一切似乎暗合了塔罗牌的预言，而那次游园会只是一个开始。

三天后我在图书馆的古籍处又遇到岛也，当时我在翻看旧典查找一个戏文的出处。古籍处少有人来，久无人碰的泛黄书页翻动起的灰尘让我喷嚏不断。他忽然出现，带一脸笑意，道："好听的喷嚏声吸引我来到此处。"

然后我们自然地看完书一起去吃饭、散步。恍惚间，仿佛时光倒转，我又回到了过去。是啊，以前我身边多的是他这样的男子。我喜欢智慧的语言碰撞和眼神里头狡猾传递的欲迎又拒的情谊，我还喜欢他们漂亮的容貌、完美的骨架，这些让我觉得现世圆满，无可抗拒。

何况他还是个魔术师。传说一个来自法国的魔术师对婚纱模特——栩栩如生的干尸帕斯卡拉一见钟情，于是用魔术把帕斯卡拉还魂，然后他们夜夜欢聚。岛也一定可以救赎我枯竭的灵魂。

我们很快像真正的恋人一样同进同出，一起去看电影，一起读黑格尔和康德，并对古典哲学之外的一切言论嗤之以鼻。我们在河边的咖啡馆甜蜜地长久地接吻。我们那么契合，好像彼此是对方生命的一部分，如同找到了柏拉图所说的前世的另一半。

直到有一天，我们郊游借住在农家，淳朴的农妇以为我们是年轻的夫妇，把我们安排在一间屋子，一间唯有一张大床的屋子。当他的手伸向我的身体，我毫不犹豫地坐起来说不可以。我可以忘记一切，可忘记不了我包里的信用卡是殷公子的白金卡副卡。那一晚，他睡在地板上，一夜无话。

一个月的时间真的很短，但足以让一段感情像抛物线一般发展，上升到顶点而后滑落。当我和岛也开始有所隔阂的时候，殷公子回来了。

他回来的那一晚，我发自内心地期待和欢愉。我没有忘记他的家庭对我的家庭的巨大帮助以及由此引生的感激，当然还有这段时间我为我的任意妄为而引生的歉疚。

我早早地打扮好在家等他，可是，他一直没有出现。我等到晚上十一点，静悄悄地上床睡了。莫名的恐惧感笼罩着我，我第一次感到对生活的一切毫无把握，从前那些自由优游早已离我远去。

第二天一早，殷公子出现在我家楼下接我上学的时候，我几乎是雀跃着下楼，扑到他的怀抱中。他懒洋洋又如同平日一样温和地抚摸着我的头仿佛抚摸着一只猫。他没有对昨晚的未至做任何解释，我也没有追问。

“想我么？”

“想。”

我的眼泪不争气地落下来，那是我第一次当着他的面哭。他擦去我的泪水，宽厚地笑了。

回到学校，我没有觉得和以前不一样：我一样地上课，偶尔逃课，等殷公子接我下课，一起吃饭、约会。可是似乎又有一些不一样，过了好几天，我才意识到不一样的地方——岛也似乎人间蒸发了。我再也没有看到他，也没有听到一丝一毫关于他的消息。我身边的人似乎都从记忆里把这个人抹去了，似乎从来没有看到过或听到过关于他的任何消息，或者关于我和他的任何事情。

我终于还是收到了一封信。那封信被某个人丢在我宿舍的床上，上面污渍斑斑，似乎辗转了很多地方。

信很简单，岛也说他要离开学校回家乡了。信的末了说我是真的爱你，请与我见面，每个周五下午我都会在河边咖啡馆等你，直到见到你以后才会离开。

那天正是周五，我看完信，换了衣服匆匆出门。到了咖啡馆，在一个角落位置，我看到了岛也。他看上去都还好，只是人憔悴了很多。他说他马上就要回家乡了，现在一个亲戚家里住着。他一直在等我，等见完我就走。

“你为什么离开学校，发生了什么？”

他不说话，帮我斟水，手颤动不停。我感觉到什么，拽过他一直遮在桌下的右臂，发现他的右臂软软地耷拉着。他说：“这只手已经坏掉了。”

我惊呆了，说不出话。

他说是意外，路遇打架斗殴的学生，中间有人无意中认错人，用铁棍打伤了他的右腕。

“打伤我的那个人还未成年，也不能怎样，对方赔了一些钱，也就算了。”

“幸好我还有左手。”他苦笑，“只是，我再也不能给你变魔术了。”

“我真的喜欢你，聪明的小头脑，漂亮的脸蛋。我以前一直想，想让你为我生个女儿，她一定会和你一样漂亮，我一定会很疼她的。可是现在，我已经没有资格去要求什么了。”他的眼泪忽然就流下来了，脸上有如面深渊的绝望。

自此分别，我再也没有见到过岛也。

我的生活亦如平常，只是我变得沉默很多。殷公子温和的脸，一贯的猫一样的笑容却有时让我感到周身寒意、内心忧惧。

秋天临近的时候，殷公子取到假期，建议我和他一起去离岛旅游。他母亲在离岛有一处别墅，环境十分清幽，亦可去海边游水。

走在海边，我说很美，他也只称道，亦步亦趋。作为一个男子，他的个性思想隐藏无踪，让我困惑；或者，他根本不需要有——如果你生就衣食无忧，万千宠爱。

夜里似乎理所当然，我们共眠一榻。他搂我入怀中，我周身颤抖。他轻轻抚摸着我的后背，说："别怕，我会好好待你。"

我终于握住他想游走的手，说出那句话。

"其实你知道我并不爱你，你也未必真心爱我，我们不要再做错事。"

他翻身起床，在露台站了一夜未睡。第二天载我回去，假期提前结束，我们的恋情也就此了断。

殷家并没有说什么、做什么，我们一家自觉地搬回了旧居。家人并没有怪我，他们都是淳朴的人，从没有指望靠我来飞黄腾达。

这三年我长大很多，过得充实忙碌。我交往了一个学工科的男朋友，他出身普通家庭，人也未必好看，但心肠很好，头脑更好。我常常想，若以后我们结婚生了小孩，一定会是个天才。毕业前的冬天，正是最忙碌的时候，一边写毕业论文，一边关注各类宣讲会招聘会信息，准备应聘资料。此时，我听到了殷公子结婚的消息。家人有时拿我开玩笑说，若是跟了殷公子，现在就不用这样辛苦操劳。我也只是笑笑。人各有命，这是我的选择。

我每天走在阳光下都觉得开心得想唱歌，我享受努力勤奋带来的每一点进步的喜悦，我有时会希望能遇到岛也。我想告诉他，我现在也学会几个魔术了，我好想变魔术给他看。

消失的光年

我和棠生其实谈不上亲密，但从中学时候就被看作是朋友。这种印象不知是什么时候在我们周围人之中建立的，而我对这种认知的隐在不悦也无法清晰表达。最早是出于那些青春期的男孩们的幻想吧。在他们的眼里，容貌姣好、头脑聪慧的女孩们自然应该是成群结队出现的。他们给班级的女孩们做了评选，棠生和我荣幸地成为佼佼者中的两个。而在这几个女孩中，我和棠生确实显得亲密一些。

而这种亲密的缘故，只有我和棠生最了解。这有关一次偷窃。高二刚开学，全市有一个朗诵比赛，学校选了几个代表参加，我和棠生就是其中的两个。当时规定的服装是白色衬衫和蓝色半裙，家人早为我准备好送到了这所寄宿学校。我很不喜欢那件衬衫。在那个年代，父母对于读中学的女儿的审美想象还停留在她的儿童时期。我不喜欢那件白衬衫夸张的大翻领和繁复的花边，我不喜欢它微透的布料所引起的我的担忧。相对于那条简洁的蓝色半裙，它显得浮夸而不合时宜。但是我无法向父母表达这一态度，这会显得自己对穿着打扮有了额外的注意，这一点更加会引起父母的担忧。我在这种焦虑之中一日日挨着等待比赛日期的到来，如一只羔羊无可奈何地等待屠宰。少年时代对于后来看来微不足道的事件，往往有着异乎寻常的认真。

在这日复一日的焦虑之中，我梦想中的白衬衫却突然出现。它出现在比赛前一天的下午，当时我在公共盥洗室的洗澡间洗完澡，正照例地在大镜子前梳头发。这时候，那件衣服进入我的视野——它悬挂在我们这一层楼的女孩们共同的晒衣服区域，即是公共盥洗室的晾衣架上。这个时间的宿舍楼几乎没有人，学生们都在教学区上课，我是因为第二天的比赛得了这罕见的半天假期。整栋楼如此安静，我甚至能听到树上的蝉鸣、水管内奔腾的水流声响还有我愈加强烈的心跳。这是梦想中的白衬衫，它在那一群庸脂俗粉的衣衫中显得如此不俗。它质地精良的面料、细腻的走线、简洁的剪裁使它脱颖而出，并且向我发射出强烈的召唤信号。我走上前去，取它下来，用手掌抚摸它，感受它的肌理并在内心由衷赞美。恰在这时，棠生走进了盥洗间。她必是看到我不自然的表情和僵硬且坚决地握着那件衬衫的姿态。棠生只消联系一下第二天宿舍楼中流传的关于盥洗间丢衣服的事件，必然也就能理解那天下午她见到我的那个场景背后的意味深长。但是，棠生对此并没有发一句言语。

棠生其实谈不上是一个有很强道德感的女孩，这一点使她很迷人。从中学时代起，她就显现出并非循规蹈矩的一面，在这一点上她比习惯藏匿个性的我走得更远。她会在英文课上，公开和我们都喜欢的那个英俊的男老师撒娇；她总能和各个年级最优秀的那群男孩相处自然；她总穿格子衬衫和牛仔裤，而且衬衫一定塞在牛仔裤的裤腰内；她总是扎着马尾，走路的时候，马尾有规律地左右摇晃，那种韵律和节奏洒脱不羁。这一切都掩盖了她其实平淡甚至平庸的容貌，使她由内而外熠熠生辉，成为男孩们迷恋的对象。

比赛那天晚上，她如此坦然地牵我的手走向舞台，像我们表演导师所彩排的方式一样，像我们一直如此亲密一样。我们是正当好年纪的好女孩，我们口中吐出的是珠宝和钻石。用华美的语言歌颂青春，没有人比我们更适合。我甚至觉得，经过那个下午，棠生在上台前给予我的眼神和手掌都尤其具有热度。一个共同的秘密，使我们在这个世界获得了紧密的联系。

也许正是这个事件以后，我和棠生，被看成尤其亲密的伙伴和朋友。我会拿着零食去她们宿舍和她及她的舍友们一起分享；在体育课上，当她不舒服的时候，老师也会点名让我陪她去医务室。但是回想一下，真正的闺蜜所拥有的那些事情，我们并没有做过，比如一起流通关于例假的信息；比如一起交流关于某个爱慕的男孩的消息；比如在晚自习前，躲在楼顶天台上吃一只甜筒，谈谈未来，造一个梦。我们并没有如此亲昵。而其中最明显的一点是，我们并没有交换高考的志愿。我们填写了两个城市的两所学校，甚至连打探一下对方志愿的愿望也没有。高考之后，我们有长达四年毫无联系，仅仅是在寒假时候的同学会上偶尔碰面。我们也没有着意特别聊天，只是聊些大家都会聊的内容。她有她更亲昵的一群同学，我亦然。但是大家仍然把我们看成是一对儿。她的好朋友的聚会会因为她而喊上我，而我的朋友们的聚会，也会问我要不要喊上她。是什么样的东西，使他们在人群中发现我们两个并把我们并置？外表和行事都乖觉的我，是如何暴露自己，使自己和棠生一样，成为被公认的特别女孩？我始终未能找到答案。但我们也不愿表现得不通人情。我们在人群中谈笑，谈起我们大学的爱情，随着对方的情绪，一起欢笑、感叹、赞美、惋惜。任是谁，看到这样的场景，也不能否认我们是要好的一对。

可是我，始终无法真正喜欢棠生。即使我与她有一样的内核、有文艺的心、有对这世界充满追问的态度、有打破凡俗的愿望，但是我始终无法在现实层面成为棠生那样的自由的人。面对棠生只让我觉得自我的伪作。我有时觉得，我不喜欢棠生，也许是因为我不喜欢以另一种方式呈现的自我，也许我是太过爱护生存于这个躯壳中的我和这个躯壳吧。

长久地生活于灵与肉的矛盾不安之中的我，在认识龙三以后获得了安宁。龙三是我生命中的一个保证，他解决了我一直担心的一个终极问题：如果并非这样事事力图呈现完美的我，是否可以获得世人的喜爱？换言之，拥有什么才能获得被爱的资格？龙三通过与我经年的交往，给了我一个答案。他是我人生最后的诺亚方舟，无论怎样的我，都可以得到他的爱护。

我和龙三相识于大学一次类似松鼠会的联谊中，那次联谊的主题是去山上做中草药采集。作为植物及药学爱好者的龙三和我都参与了，尽管我们修的分别是经济和文学专业。一行十几人，搭了长途汽车去山上，由中医药学的老师带领，边沿着山上小路行走，边用小工具挖药。老师讲到了对生的合欢，甚至挖出了一只个头不小的何首乌。龙三和我不知不觉地就走在了一起，在此之前，我们只是在这个城市一南一北两所大学各自生活的陌生人。我既感激龙三在这一群人中发现我，使在陌生人中很难主动与他人建立联系的我有了陪伴，但是我亦为龙三担忧——如果想寻找一个考虑发展感情的女性，我真不是很好的对象。只是我们都无法去预料后来的人生——在我们未能规划未来之前，现实就找上了我们。

我在龙三眼里看到了药学老师发现何首乌一般的喜悦光彩。他彼时既年轻又有健康的心灵。他与我走到一起，开始谈说。在他眼中，我是理想的对象，温和有礼，模样讨喜。他用语言阐述自我，并试图建立与我心灵相连的通道。而我，含糊缺乏重点的语气在他当时的感受或许出于腼腆，但他不知道，这是我对于不能确定的情感的一贯态度。

我很能理解龙三后来为什么在短时间内和一个简简单单说爱他的女孩结婚了，因为我们经年的相处，早磨灭了龙三最后的一点耐心。当一个男性从每个层面都把爱努力展现给一个女性的时候，如果女性永是没有明确回应的态度，这些爱总会被消磨殆尽。尽管龙三在结婚前夜还打电话告诉我说他永远是我的依托，但我知道，在现实的层面，有的东西已离我越来越远，不复再能回来，我也没有资本提出苛求。但是，我依旧感激的是，我和龙三有一份特别美好的东西完整地存留，就像龙三婚前给我的最后一封信，停在二十二岁。从我们的十八岁到我们的二十二岁，我们有一段完整的光阴，完全属于彼此。

那是一段怎样的光阴？你可以去想见任何一对有理想有朝气的青年的生活。我们的学校相距很远，所以平日各自在学校上课，但晚上一定会通上一通电话。彼时我的宿舍已经安装了电话，而龙三的宿舍没有。我不曾去想过龙三每次在宿舍楼下的电话亭排队等待给我打电话的情形，这样的等待足有两年，直到后来手机在学生中普及。每个周末，龙三一定会乘两个小时的巴士来到我的学校，我们一起吃饭、去图书馆、看电影，热烈地讨论一切在学生中流行的最新观点和问题。时间如果可以回去世纪初的那所校园，如果你曾在那里经过并为那些青春的容颜驻足，你一定见到过我们彼此交谈时相视的专注目光和畅快的笑颜。龙三并不掩饰对我所在的学校的喜爱之情，这种喜爱甚至超越了他对于母校的喜爱。一方面诚然是因为无论从地理上或者设施上，我的大学都比他所在的那所历史悠久而积淀深厚的大学更为优越；另一方面，大概出于他的情感附着，即所谓的爱屋及乌。彼时校园的环境也单纯，世俗的烦扰并未太多地影响校内的氛围，社会竞争或者金钱压迫的阴影未曾笼罩学校，工作或者未来都还不属于学生担忧的范畴。身边的人不过是按照自己的意愿选择一种度过大学的方式：有人选择在一段又一段感情中完成情感教育；有人选择丰富的娱乐活动以松懈经年读书的压力；有人选择完全承继高中方式的学习生活，为了更好地深造……对于多数学生来说，他们选择的是最平庸的一种方式度过大学：上课、合理地浪费光阴、玩乐、仓促地备考，怀一点梦想，然后在大四之初就用现实的针尖戳穿了它。如果我们注定成为社会齿轮中的一环，让人生卷入永无止境的工作、结婚、生育和抚养孩子、赡养老人的生命圆圈，为什么不能在其中窃得四年短暂且漫长的青春时光，睡一点懒觉、发一点痴想、过回一点真实的自己呢？

我有时想，我与龙三的大学四年，是在互相扶助下完成自我成长的四年。我很感激的一点是，因为专业领域不同，我们能为各自打开新的世界：我们在不断发现彼此人生可以变化的空间；我们都为对方具有更广泛与纯正的趣味、成为更丰富的人给予了帮助；我们都是对自我有要求的青年。从这个意义上说，我们是多么合适的一对。

但我们并未成为真正意义上的恋人。这四年中，我们未有过牵手和拥抱，我们从未彼此拥有过对方的身体。从这一点来说，我们的交往，在现时的年轻人看来有不可思议的纯洁。更冠冕地说，我们从一开始就试图脱离一种基于人性本能的低级趣味，我们以为我们能建构更高领域的一种情感方式，而在那一种深刻的情感方式之后再去摘取其成熟的果实，滋味应当尤其甘美。可惜，我们的感情如一树繁花正盛，于时间的风沙中飘散，未在各自的生命中留下痕迹。

而从事实层面来说，我们俩的结局，更多的原因在于我——我一直以一种暧昧的态度对待我和龙三的关系。当龙三反复剖白他的情感以期落实于事实层面时，我多次顾左右而言他；我能让龙三感受到我对他的依恋，但并不给龙三对于我们感情的一个明确的界定。久而久之，我使龙三习惯了我们的这样一种相处方式。我忽略了这一切是对于龙三的长久的消耗。

龙三结婚时，很多人惊讶新娘不是我。诚然我和龙三是很多人眼中俨然的一对，尤其我们大学时代的同学、朋友和老师们。在他们眼中，我们是共同出入的、莫逆的、亲密无间的。龙三旁听过我们专业著名教授的课程，并在课堂上以经济学的理论分析某些文学现象引起过老师和同学的侧目与欢笑。因为与龙三的交往，我多少获得了一些由于自我肯定而变得自由的处事方式。我的精神从紧绷变得松弛，龙三帮助我将我长久受父母严苛教育而掩藏的个性彰显。在这种变化中，我感受到与棠生的生命重合的部分，我觉得我身体的某些部分开始像她：可能是微笑的弧度，一种放松的、宽容的、略带调笑的神情和笑容成了我一种特有的表情；可能是行走的姿态——我不再如少女时代那般担心被注视而觉得手脚无处安放，我步履轻盈、从容不迫。这些变化，使我在大学时代少有地几次想到了棠生。那时候，我并不知道她过着怎样的生活。

我和龙三并未能走向婚姻，我们甚至缺乏真正的恋爱。尽管龙三曾经多次载我回家，他熟悉我的父母亲人，并受到他们的喜爱；尽管龙三的父母都知道我的存在，甚至在龙三决定结婚之前，他的母亲打电话希望我能够改变龙三的决定。我们是载着很多人希望和祝福的一对，我们比很多苦苦寻求厮守的青年们都水到渠成。然而幸福的船儿未能扬起风帆，它是遗落在渡口的一叶，定格在时光的水墨画卷里。

我和龙三后来一同考取了他母校的研究生，我们终于改变了先前两处奔波的状况，可以在同一所学校中生活。然而预想的更明确和更稳定的情感方式没有到来。我在读研不久以后开始了我的恋爱——我同本专业的师兄林南恋爱了。林南是工作了几年后重新回到学校读博的，他比我们同门都要年长一些，比刚入校的我更年长十岁。他保留着以前工作时的着装习惯，在学校中几乎都是穿白衬衫和西服。我在导师组织的同门见面会上第一次见到他就电闪雷鸣般爱上了他，纵然是怦然心动我也将心情收拾良好。我如愿地捉住了他的目光，等到了他的邀约，并在很短时间内成为他的恋人。时间之短，犹如对龙三的华丽背叛。然而我并不这样认为。从认识林南，到与林南的第一次约会，我并没有隐瞒龙三。我能感觉到龙三从一开始扬起的敌意，到见到从未有如此沉溺于恋爱状态的我的那一种无力感。

龙三似乎突然就颓然了。那时我因为学校的住宿环境不好，在学校附近的高层建筑租住了一套小房子，龙三则在同一大厦买了一套房子与我为邻。那天中午他来找我，我在洗头发，听到门铃，我开门让他进来。我坐在窗前的椅子上，他拿着毛巾帮我擦拭头发。我欢快地对他讲述我在林南身上感受到的一切与我们不一样的事物：他的成长环境、生活经历都与我们大不相同，包括对于诸多问题的认知，在当时的我觉得也远远超越我们。我完全忽略了把隔着十年光阴的两个男性放在一起比较是多么不公平之事，我无法知道这个年轻男性未来十年之中的可能和他十年之后所能拥有的资本。我沉浸在发现之旅，把自己毫无察觉的、滔滔不绝的残酷话语倾吐给龙三。他只是默然帮我擦拭头发，习惯性地拿起吹风机帮我吹干头发。无数的微尘在窗前的阳光中翻滚，如同我和龙三各自不同的万千思绪。吹风机吹筒中热乎乎的风浮掠过我的耳边和脖颈，提醒我这是多么温存的光阴，而我的身后，站着的是我生命中极其重要的那一个人。当时陷入初恋狂热的我并不能对自己所需要的爱情有正确的认知：我只是在人群中发现了一个与我以前若干年人生中所遇到的都不一样的人，而那种新鲜感激起了我类似求知欲与盲目崇拜的感情。我后来想，无数次想，如果在当时，龙三转到我的面前，拥抱我，或者亲吻我，也许都能挽回我，都能把我从一种想象之中拉回现实，让我在实在的身体所接触的温度之中感受到我真心所在的方向。

然而温良的龙三所做的事情，只是将我房子的备用钥匙放在了我的桌上。我有些惶惑地看他。我们曾是如此亲密的一对，我们各自拥有对方住所的备用钥匙。我出入龙三的房间如同出入我自己的房间，我们之间不存在秘密。我的信箱就是他的信箱，他的抽屉就是我的抽屉。我很多次打开龙三书桌的抽屉，指着里面整齐地卷成一小卷一小卷的现金嘲笑他奇特的消费方式和存放现金的方式。我们之间，从前未因为男女、金钱产生距离，然而龙三将钥匙放在我的桌上的举动，提醒我某些事情在发生变化。龙三对我说："你的钥匙给你吧，我的就不用给我了。你留着，我要离开一年，房子就留给你处理。"

龙三选择去西部支教一年，选择离开这个城市，离开我和林南扬起爱情旗帜的校园。这分离来得如此之快——十二月凛冽的风翻滚起校园林荫道上的落叶，转眼即是新年；次年二月底，龙三已经离开。

一个人的离开，却伴随了一个人的到来。那年春天，我的手机屏幕上亮起了一个陌生号码的来电。我躬身离开教室，到阳光满溢的走廊上接那个电话。电话那头的声音我只消听一句就了解了——棠生对我说，她来到了这个城市。

棠生的大学四年是一个传奇，我多次从同学的口口相传中得到的关于她大学的消息的关键词是奖学金。据说棠生在她那所以优越的奖学金而闻名的学校里从大一开始包揽了学院和学校的各大奖学金，她的名字和相片多次出现在他们学校的新闻和报纸上。大学时代的棠生，失去了高中时代对于男生们存有的魅力。其中重要的原因是进入大学的男孩看待女孩的眼光已逐渐脱离少年时的理想主义。极为现实的一点是，外貌成为唯一的判断标准。棠生平淡的容貌失去了曾经的神秘感，犹如阳光升起来弥散了晨雾的朦胧，愈加真实简单的线条显得苍白。无论是微微肿泡的单眼皮，还是黯淡的皮肤色泽，又或者是鼻翼两边散落的细碎雀斑，都使她无法成为男孩们想象中的女孩以及追逐和爱怜的对象。我不知道当时的棠生如何面对这一切的变化，高中时代曾经簇拥在身边的男孩们都散落到了天涯。她身边缺少陪伴、赞美，或者青眼有加，甚至想到一句极聪明的俏皮话都没有分享的对象。棠生从来都是女孩们中的另类，她也一直难于和女孩们建立真正的友谊。这一切都使她孤单。而我所知道的后来的棠生，就成了著名的学习狂人：她专注于上课、笔记和考试这些在高中阶段她都未必如此投入的事情，她以智力的优势使自己再次于人群中脱颖而出。在她读大学的那几年，那些教授和学生们，都很难忽略那个女孩。她如此聪明又如此努力；她的笑容略微有些神经质；她的情绪极为自我但得到所有人宽宥，因为她的听课笔记在考试前是全专业学生眼中金子一般的所在。如此，棠生再次让自己获得了自由、关注和爱情。大二的棠生恋爱了，对象是本专业的硕士师兄，也是成绩极优异的那一类人。我曾经在一次同学聚会中见到过那个男孩一次，棠生匆匆带他到来，又匆匆离去。我对于他的印象浮光掠影。我只记住他高而瘦的身材，与瘦削身形相比尤显硕大的头颅以及雕刻一般严厉的面部线条，那些线条所形成的细节和整体感观绝谈不上美。他甚至是丑陋的、缺乏亲和的那么一个人。但这个人，得到了棠生的钟爱，重要的明证是他毕业后在我所在的这个城市寻得了一份工作。当时的棠生不顾学业，唯有一颗渴望厮守的心，于是匆匆跟随他而来。

棠生男友工作的地方在电视台，恰在我的住所附近。和棠生第一次碰面后，我几乎理所当然地提出，让他们在龙三的房子里暂住。龙三一年不在，这房子无人居住，对于刚开始独立生活的他俩来说，也可以节约一笔房租支出。就这样，我与棠生成了同一栋大厦的住客，我们又如同高中时期那样，生活在一起。只是这一次，我们似乎真正地亲密起来。或是因为，在不断地开拓新的生活疆土、不断地认识人生新的参与者时，我与棠生，因着是故交而多了一份信任，这信任是任何后来相识的人都很难比拟的。我也会和别的女孩们相熟，共同吃饭逛街，然而我们缺少可以共同谈起的对象：那个最迂腐不堪的老师、那个最受人喜爱的男孩、那些曾经在男孩和女孩之间悄悄流传的碎语和秘密。语言难以避免的尴尬空白，常常提醒着这一种缺失的存在。因此，有着共同回忆的我和棠生之间突然变得深厚。

彼时，林南正忙于博士论文，棠生的男友作为电视台新进的记者，每天朝出暮归，我和棠生因此多出了很多相处的时间。很多次，我们洗完澡，裹着睡袍，毛巾包裹着头发，抵足长聊；很多次，深夜我们结伴去楼下的夜排档吃烧烤、吃我们都喜欢的小馄饨。我们还有过在老旧的大厦电梯内，电梯习惯性猛然下沉时，双手相握的心惊。也许，在不知不觉中，当时的棠生，在某种意味上，代替了龙三在我生活中的位置。棠生的存在，使我少有地停下来思考我生活中缺失的那部分。也许，其实我正是借此逃避，不去认真思考我与龙三之间真实的关系和未来的走向。龙三固定每周给我写两封电子邮件，我总是懒散地回复，于是这邮件的频率逐渐变成每周一次、一个月两次。借着支教的契机，龙三在空余的时间完成了去周边城市的旅行。他给我寄来照片。我每次打开信封，总是先把照片反过去，然后直接放在书信盒里，也许过上几天，甚至几周，才偶尔翻出来，快速看一眼龙三的样子。我不愿意面对照片映射着的我内心不愿意面对的龙三，我在故意地疏远他。我试图通过疏远他而被他疏远，以此造成是龙三先离开我的假象。

明明是我先选择了林南，明明是我自私地沉醉于自己的爱情，可是我却不能承认自己的背叛。我对一件事情，其实一直耿耿于怀。这件事，让我对龙三有了嫌隙，让我人为地在我和龙三之间建立了屏障；这件事，其实就是龙三的支教。无论在情理上我多么理解龙三的处境和选择，但我在感情上一直埋怨龙三，不能原谅龙三。我觉得这件事情是他对我背叛的起点。而我忽视的是，这些复杂的、无理的思绪背后，唯一的真相是，我不想与龙三分离。

这些多年后回想起来如此清晰的事情，在年少时却以一种复杂的方式存在。真实的心意用一种粗糙的方式遮掩它无与伦比的美丽，让我们终于愈走愈远。

龙三离开四个月后，蝉鸣唤起的盛夏到来。龙三的邮件向我报告了他生活中的新景象：他支教的学校中新来了一个从北京来的女孩，那女孩毫不掩饰她对龙三的好感，并有了一些明确的举动。龙三在信中如此说："我在犹豫，但是她的行为和语言给我前所未有的肯定，我在想，我也许应该给自己一种可能。"信的附件里他发给我那个女孩的照片，那是一张在酒店卫生间的镜子前自拍的照片，并不是我们寻常想象里那种搔首弄姿的照片。即使在那样不合适的地点拍摄的照片，其中传达的都是磊落和明朗。无论我多么不愿意承认，我都不能否认相片中的女孩有明亮的黑色大眼睛，短发俏丽，容颜好看。她和我是完全不同的两种女孩——她不需要我那种借此掩饰自我的暧昧不定的氛围和情调，她的笑容里有一眼看到内心的自信，她的欲望和愿望都如此坦然。而我面对这一切，却以一种狼狈不堪甚至气急败坏的姿态去回应：我在回信中调笑那个女孩的照片中出现的卫生间一角的抽水马桶，并借此不厚道地用“抽水马桶边的女孩”作为她的代称。我用极尽贬低的方式来表示自己对于她和她在龙三生命中出现的这件事情毫不在意，我想让她显得滑稽可笑、无足轻重，让她显然成为我和龙三坚不可破的联系中多余的那一个。

此时我才能认识到，不管我多么认为自己是能自由游走于男孩们中的女孩，但面对所在意的感情的时候却显得那么无力。我可以轻松地通过各种考试，我可以轻松地学会各种乐器演奏、摄影技巧和复杂的哲学命题，可是我却始终学不会如何表白自己的内心。我总是在能够整理清楚自己的想法和真意之前，用繁复的、远离真心的语言构起堡垒。在我能够明晰和真实地表达之前，那些不可控制的语言行之已远。我总在重复这样的事情。我处理感情的拙劣程度好像一个孩子由于累积的叛逆心在父母面前粗暴表现，实际上内心却极脆弱又渴望爱。

这封回信以后，龙三很久没有联系我。再次写信给我的时候，他已经快回来了。他在信中向我报告他回来的时间，并没有只字提到那个北京女孩，如她从未出现过。

第二年的六月底，暑假的前夕，龙三回来了。我当时正在上课，他打电话找我。我有些慌乱地冲出教室。他站在繁花盛开的合欢树下，有些粉白的花瓣落在他的脚边。初夏温热的风轻轻吹过我的裙摆，他看待我的笑容好像我们昨天刚刚见面，像他从未远离，像我们可以重新把属于我们的光阴没有断点地接续起来。

这一天，这一刻，但凡我们谁更坚定一点，也许可以拥有人们说起的一生一世。一年的分离，似乎又并没有能够改变我们多少的现实：我依然是林南的女友，而龙三，在与我断了联系的那段时间，已经有了他的第一个女友。我们更接近了，但我们也更遥远了，以一种我们都不曾预期的方式。

暑期我随着林南去南方的海边城市开始了为期一年的调研。我们开始同居，我开始变得像一个妇人，为林南做饭洗衣、打扫卫生。那个城市的夏天潮湿且炎热。每天洗完澡，我把湿漉漉的头发扎起来，赤脚跪在浴缸边，用力地擦拭浴缸。有时会停下动作，灵魂像脱离了躯体，在身外静静观望。我不知道自己为何在此，又为什么做着这些事情。我穿白衬衫的爱人，总在衬衫的领子上留下一道淡淡的灰色污迹，而我总能在他上班前给他一件如洗衣液广告片中一样雪白的衬衫。我从不知道，自己原有如此贤良的基因。我们的人生能看得到方向。他彼时工作前景乐观，必能为我提供无忧的生活；他彼时热爱我的青春肉体，我们总会在合适的时间生养一个孩子。这是我们之间的顺理成章。而我也越来越明晰地认识到，我的未来与龙三无关。

我和那个城市仅有的联系，留在了和棠生的电话里。龙三回来后不久就和那个北京女孩同居了，他们住在了龙三原来住的房子里，棠生搬到了我原先住的房子。那个女孩大学一毕业就奋不顾身地奔向了龙三的怀抱，对于在当地无依无靠的她来说，龙三的收留和照顾是一种必然，他们在一起同居生活也是一种必然。曾得了龙三的恩惠并和龙三成了邻居的棠生自然也和他们相熟了，一些关于他们的点滴，棠生也只是当闲话讲给我听。在棠生的概念里，龙三不过是我一个熟悉的朋友。但以棠生的聪敏，她未必感觉不到其中的款曲，她只是选择性无视罢了。

生活在改变着我们所有人。这其中，我觉得变化最大的，其实并不是我自己或者龙三，而是棠生。棠生的世俗化痕迹如此明晰，这是因为我了解她曾是多么脱俗的人。我永远记得在高三的课堂上，她在回答语文老师的问题时，自顾自地讲起一首诗。她那不甚美丽的眼睛里闪烁着智慧的光芒，如深邃的星空，藏有无穷的未知。而棠生，我曾以为是另一个我的棠生，由一团雾一样的人，渐渐落在实处。她变成了世俗中的一个聪明人，行事有理、目的明确。当时棠生毕业面临着找工作，她家境并不理想，她男友也正处于自我奋斗的时期，并无力帮她。她向我求助，并含蓄地谈到她所了解的龙三父亲的职位。我当时十分惊讶，但未多想。后来想想，我与龙三相识多年，其实一直都不算真正了解龙三的家世背景，只知他经济环境较为优越而已。他的家庭也是极低调的家庭，大学时候的假期他每每开着小排量的汽车载我回家的时候，我和我的家人都未能知道他显赫的家世。仅仅月余，棠生已经对龙三的家庭了如指掌，这其中的信息源自然是龙三的女友。她毕业后没有工作，无所事事，整日在家，与棠生相伴也是常事，毕竟她在这个城市没有亲人和朋友。若不惮以最坏的恶意揣测，我甚至想象到一些细节：我想象到棠生的主动热情，一反她与女孩们相处的常态；我想象到以棠生的头脑来说，十分轻易地、有计划而不露声色地与那个女孩相熟的过程。我试图打破这些想象，后来事情发生的轨迹却无不在一一佐证我的想象。

因为长久的旷课，棠生以肄业身份离开学校，因此在找工作的时候十分艰难。棠生原先的计划明确：她猜测到龙三的环境优越，并从龙三女友处得到证明；她本想通过龙三的女友，向龙三的父亲寻求帮助。然而她没有想到的是，彼时龙三的父母极力反对龙三的恋情。他们对突然出现的背景不明的异地女孩毫无好感，他们甚至并不愿意帮这个女孩找一份工作，想令其知难而退，更何况这个女孩的朋友。这时，棠生发现了新的通途：她向我开口，希望我帮她向龙三和龙三的父母请求。她正中肯綮，而我也没有拒绝的理由。我确实可以和龙三、和龙三的父母说上话，而棠生，无论如何，确实是我重要的朋友。

我听得到，龙三在很久没有接到我的电话后，初听到我声音时的欢喜；我也听得到，他在我言及其他很久后终于提出请求时的默然和他答应时语气中的平淡遥远。你看，我终于把自己变成了很多人中的一个，很多考量着利益关系、对龙三有所企望的人中的一个。

无论如何，棠生还是顺利得到了工作，在一家杂志社做了编辑。这工作既合她的专业，也合她的兴趣。棠生十分开心，平日低沉的略带磁性的声音，在向我告知聘用结果的电话里，偶尔因掩不住的激动而显得尖锐，有些刺耳。我为她高兴，放下电话后，却又觉得心内茫茫。棠生成了奇异的中介，她总能打破我日常生活的节奏，让我的思想又连接起与龙三那些共同的、细碎的回忆：春日在学校草地上心满意足地小心翼翼地分享美味的蛋糕和留在嘴角的一抹鲜奶雪白；冬夜里暖手的奶茶，总是在我暖过多次手变冷以后被龙三喝下；还有，我们一起逃课去看的那个盲人乐人的现场演出。当那喑哑的声音唱起“我们的家已经荡然无存，我们的家和稻谷捆扎在一起，在田野深处静静生长”这样诗一样的语句时，我泪流满面。龙三静默地紧紧握起我的手。当初的不安、敏锐都迟钝了，日子平安喜乐，可内心的惶惑，却无处表述。龙三，我很想念你，可这样的话语我已错过最好的对他诉说的时机。

很多次，我鼓励自己，拿出勇气，离开这二十层楼的九十个平方，买上一张全价一千五百元的机票，乘一个半小时的飞机，回到我原来的城市。我可以从网络上找到课表，查到他所在的教室。我会打开教室的后门，悄悄走进去，落座在龙三的身边，就如我们本科时无数次那样，然后看到他转向我的欢颜。可我有无数担心：我担心龙三没有上课，不在教室，而我已经没有权利去他和另一个女孩的住所找他，即使备用钥匙仍然在我这里；我担心林南回来，我没有一个合适的理由解释我的离去；我担心即使见到龙三，他对我的回应也会有所保留；我担心我们之间的关系已经变化失衡；我担心我自以为是、一厢情愿……畏首畏尾的混乱思绪让我只不过不断摇摆于想象中的行动与现实中的放弃。

我陷入无尽的孤独之中，唯一的情感依托只剩下林南。我愈不能离他而去，至少他是我夹杂真实与想象的生活之中唯一确实的所在。我与棠生的关系，也在不觉中渐渐淡去，像是上升抛物线的痕迹，到达一个顶点的位置后也逐渐回到低点。我们又回到了中学的淡淡然，一方面因着距离，一方面因着棠生有了更密的朋友。在我离开三个月后，也就是棠生刚刚工作以后，她和她丑陋的男友分手了。他们在一起数年，分手却仓促且决断。我本以为他们只是一段分离会再次复合，而在棠生那里，却没有一点复合的迹象。她像是在这段爱情中，已经燃烧了最后的热量，现时她的内心如一颗陨石般冷硬。她的决断，多是受她新的好友的影响——龙三的女友，多次以自己和龙三的成功故事，鼓励棠生选择更好的对象，主动出击、一次成功。而棠生，也适时地在现实和心理层面给予龙三女友帮助。

当时龙三与女友同居的事实激怒了他的父母，而他女友久久没有工作也使龙三的父母更加不悦——一方面他们并不愿意帮助她，另一方面他们也把她定义为无能的、贪图安逸想依靠男性的女性。也是这个时候，龙三的母亲给我打数个电话，希望我能够说服龙三，重新考虑这段感情。但当时的龙三在重重压力之下，反而激发了累积的叛逆心：他未必是一定钟爱对方，却更愿意享受面对困难勇敢坚持的决绝态度。他俩的关系中，他更多是被动接受。他从未有享受过热烈激荡的爱情，他有未消耗的热量，需要一种壮丽的方式喷涌而出，而他俩之间艰难的爱情处境给了他一个契机。我如此了解龙三，我如此了解自己，所以我没法开口去说阻止的话。这不过使我成了受惠于他母亲的说客，让我往相对于龙三的“他人”的路上越走越远。

棠生成了化解僵局的重要人物。她在她的单位名为寻找实习人员实为寻找廉价劳动力的时候，推荐了龙三的女友。龙三的女友算是有了一个去处，有了一个在外人听起来也不难堪的实习编辑的身份。大概两三个月后，龙三的女友怀孕了，龙三决定结婚。这次，在龙三的父母那里，意外地几乎没有太多阻力。他们开始了筹备婚礼的阶段。龙三的父母，给龙三和他未来的妻子置了一所山间的大宅子作为结婚的礼物，希望他们在清新的空气和入目满是绿意的环境之中孕育他们的第一个孩子。龙三搬离了大厦，出于回报，将那所房子留给了当时孤身一人的棠生居住。棠生在这个本与她毫无联系的城市，有了一个不用担心失去的住所，有了一份稳定安逸的工作，有了颇有地位的朋友。这一切，都是她自己努力得来。

我有时会想起，高中的那个下午，棠生撞见我偷窃时候的眼神和那眼神里的洞察。对当时的我来说，丝毫感受不到罪恶，我不过沿着我内心的轨迹做了这一系列的动作。尽管这件事在我后来的人生成为讳莫如深的一件事，即使在与棠生最亲密的阶段我也无法以玩笑的姿态轻松谈起那个午后。我假想它出于虚构，试图在记忆中删除，但是我知道我无法左右另一个见证人的记忆。我的羞耻感源于我开始懂得沿着内心的渴望获取某物有时不会如此轻松，内心的不安会在完成道德的认知后反复找上你。这种经验，我无法重复。在成年以后，我不幸成为的是背负道德枷锁并无意挣脱的那一种人，这种沉重却让我觉得生活有序，觉得心安理得。我想我终于懂得，当时为什么我和棠生会相互走近，为什么我们被看作是一对儿的人——我们都曾经是内心自由的人，我们都曾是有勇气直面欲望的人。规则、道德这样一些成年人教育孩童使之社会化的东西，在当时的我们身上起的作用有限。棠生洞察的眼光，在那一瞬间，捕捉了那个作为隐藏的异类的我。但是，我们最终还是自我修养成了不同的人，这是我们彼此疏远的根源所在。

我该如何说起那件小事呢？那件我给棠生打电话的小事。某一天，在很久没联系后，我给棠生打了一个电话。开头是漫无目的的闲聊，后来我终于把话题引向了龙三。我对棠生说：“帮龙三的女朋友在你的单位想想办法吧，哪怕有个临时的工作，听起来也好听，也算她自己找的。父母亲在这件事情上是不能真正左右龙三的，他们无非需要一个台阶下罢了。”我的话中，还有没说完的内容，比如帮她等于帮你自己这一类的话。何须我说出来，聪明如棠生，如何不明白。我做这些，去帮助那个我曾经称之为“马桶边的女孩”的女孩又是为了什么？我没有如此高尚的成人之美，我也并非疼惜龙三，想给予他幸福，因为我始终不认为这是他真正的幸福。我了解，我和龙三，都如羊走迷途，偏行己路。也许我只是想给自己解脱，用就像先前故意疏远龙三的方式，断离我们的纠葛与念想。

在龙三结婚前，我收到了他的一份电子邮件。信的主题是：停在二十二岁。那封信很长；那封信并未有过分深情的话语；那封信，如同我常常升起的思绪，只是一些琐屑、一些片段，点点滴滴却几乎可以拼凑出我完整的青春。读完那封信，我终于买了那张我一直没有能买的全价机票，当晚飞往信中描绘的属于我和龙三的城市。

第二天清晨，我醒来很早。天气晴朗，有阳光从树梢投射下来，混杂着尚未散去的雾气。我站在曾经和龙三一起居住的大厦，我只是想看看，我和龙三曾经居住过的地方。我租的房子早已退租，我乘着依旧老旧的电梯上到十二层，用备用钥匙打开了龙三旧房子的门。我知道我的朋友棠生在里面安睡，我几乎可以听到隔了墙壁的卧室床上匀净的呼吸声。我在这所龙三已经搬离的房子里却看到了太多龙三生活着的痕迹：客厅飘窗边，躺椅上摆放的书的类型和摆放方式——他从不折叠书角，也不爱用书签，总将书按照看到的页码反扣在躺椅上；餐厅的桌上有龙三爱吃的品牌的蜂蜜，瓶中还有半罐余留；厨房中玻璃碗内泡着已经泡发出泡沫的黑豆和黄豆，它们会变成龙三早餐桌上的豆浆。龙三并没有离开，他依旧生活在这里。愈加强烈的信号敲击我的心，它几乎要跳跃出它所在的有限空间。我走进书房，试探地拉开书桌。抽屉中，整齐排列的一小卷一小卷的现金跃入眼帘。这还是龙三所在的房子。可是书桌上我朋友的照片中的笑靥、客厅入门处她惯用的背包和雨伞还有房间内流淌的淡淡的她的气息，都真实存在。

不要相信我的叙说，我始终缠困于想象与现实的边缘。这是最好的存有自我的方式。我需要一个最合理的故事，说给我自己。我该如何向你表述，我为我的朋友向龙三的父母央求了一份工作，为我的朋友安排了我原先的住所，使她成了龙三的邻居；我该如何向你表述，那个北京女孩只在这个城市停留了短暂的两个月就离去了；我该如何向你表述，以我的朋友的智慧，成为一个女孩的朋友和成为一个女孩的男朋友的女朋友都不是特别艰难之事。尤其在与我相处的一年里，她早已从我的描述中认识过龙三无数次。在我情不自禁的冗长诉说中，她获得的对龙三的了解，比其他任何人都要多。我又该如何向你表述，即使受到龙三父母再多的托付，我也无法对这段感情说不，因为这是我一手促成的姻缘——我的朋友，在龙三单身后也很快获得了单身的身份；她成了他的朋友，然后是恋人；他们已经孕育了一个即将到来的孩子；他们会有一所美丽的房子养育他们的孩子；他们会收获同样美丽的人生。

我并没有收到龙三的信，那一封停在二十二岁的信，从来都不存在。我只是在两天前接到了棠生的一个电话。她对我说："我怀孕了，是龙三的孩子。"在那一刻，时间曾在我、棠生、龙三之间建立的所有联系突然坍塌，如同陷入一个黑洞，黑洞里有我们所有的过去和回忆。而我所尝试的，是重建一个故事。通过时光碎片的拼凑，我努力找回与我的二十二岁相关联的一切，努力找回我曾存在的痕迹。

譬若檐滴

窦氏美貌，美得很旧式：小而圆的面孔，却又略微尖的下巴；薄薄的眼皮，薄薄的嘴唇；眼睛透着一层雾气。她领着她的儿子——与她一般有雪白漂亮面孔的八岁男孩，住在与我家相邻的两间平房里。他们从大杂院搬来，做了我的新邻。我听过窦氏；县城的人际就是如此，三两月你足以认识整个单位的人，住上一年，走在街上，人人都与你有亲。我听过窦氏；她大名唤作窦惜君，老家在县城附近的乡下，听说父亲是个民办学校的教师，因此她得了个文雅而又跳脱的名字。

窦氏生得也跳脱。男同事讲起窦氏都会面露笑意地“啧啧”，酸的还要来几句诗；女同事那里，情况却出现两极：年纪稍微长的，也会“啧啧”，是不满的那一种。她生得最好的是骨相，薄薄的面皮绷出来的是流畅顺滑的线条，像戏曲舞台上的人物，描好了面，还勒好了头。她的肩胛骨和锁骨都好看，夏日穿浅色的的确良衬衫，时或显露的纤薄轮廓，别有风姿。

那是我分配到这所县城师范的第二年，那时刚娶了妻。她健康明朗，长得完全不难看。亚芳丰美，她略微方的下颌骨，英气入鬓的乌黑的眉，灼灼的眼睛，都完全不难看。

彼时我新婚，按道理我的眼光不至于落到别的女性身上，但窦氏略微不同。我晨起而出，日暮而归，与这两个女性共进同出。我当窦氏和亚芳是这院落里的二美，而这院落里只有我一个男性。窦氏与丈夫分居两地，她丈夫在西北的油田工作，一年不过共两次假。我家住在东厢的两间，她家住在西厢的两间，两家共一个院子。晨起或晚归的时候，多数见到窦氏领着孩子，不多语，只见面笑笑。笑也是淡的，合她的颜色，让人心头再熨帖不过。

那是单位分出给教师的宿舍。窦氏不算是教师，她在图书馆当管理员。他们原来同校工们住在大杂院内，因着学校住房的调整，搬来和我们做了邻居。

听说窦氏原先是教书的，教的是生物，后来不知道怎么就不教了，去图书馆当了管理员，说是课堂管理不好，教不了书。也有说，当时还是姑娘家的窦氏，给学生上课，某位校长去听课听得太勤快了，那位校长夫人不快活了，窦氏就去了图书馆了。关于窦氏年轻时候的故事很多，我作为一个外乡人，听到的碎片不至于构成完整的图景，唯知道结论：窦氏只能找了个远在他乡工作的人嫁了，婚姻从一开始就谈不上有现实依衬。她悄默地进出，勤勉地上班，周末就带着孩子回乡同父母一起，不能更踏实本分地过日子。这些，我见得到。

窦氏不在的周末，院落里总更安静些。风过了树叶飘洒下来数片，花瓣离开枝头。亚芳的表情也生动些，少见地去扫一扫院子。这院内种了一棵白玉兰。这种树木的花朵是极玉洁而美的，质地手感柔和，芬芳节制，可它的花瓣只要离开枝头，总十分迅速地烂污，锈黄卷皱，一下子就抽离了精灵。你若再仔细一点去看，其实这将要掉落的花瓣，在枝头尚未落下时，就已经生出颓势。你能观察到它的纯白鲜嫩的时候很有限，彼时它总在枝头更高的地方，你并不能触到。在阳光下它亮洁耀眼，早春的薄蓝天色和枝头润绿的叶片做了最好的背景。我们晨起出门时，多见这落下的黄污花瓣已经被扫拢一旁，不致再被踩踏。这些，多是窦氏做的。

亚芳总是粗枝大叶，经她打扫的院落，边边角角不怎么清爽。清扫完毕，她说要给我做饭。她像稚龄的猫，总有顽相。她一时把煤炉从偏厢移到院子，一时在庭院摆好桌椅酒具。她炸的花生米，总是焦的；她烧的菜，总是咸的。她会做新奇菜，比如鸡蛋烧肉，但也只有鸡蛋能吃，因为肉皮上面的猪鬃尚未拔干净。我的新妻子在学做一个主妇，在我看来，总有生动明朗，如我在媒人家第一次见她，在那昏黄日光灯下的小屋内，她笑起来，也有光。从中学就在外寄宿的我，早习惯了管理好自己的生活，对我来说，婚姻不是给我一个照顾生活起居的女性。我在婚姻里渴望一种温暖的关系，而亚芳使我完整。但即使是这样圆融的夜，因为窦氏不在，这院落总是太安静了一些。

窦氏回来的周日下午，院子里就有了生气：我听得她儿子的稚语、她不甚清晰的低言；听得他们，走进院子；听得他们，打开西厢的门；听得他们，在偏厢做饭收拾的声音，然后烧饭的香味就寥寥飘过来。窦氏有时会差她的儿子送一些刚从乡下带来的新鲜蔬菜给我们：一些新掰的玉米、青椒、几个颜色好看的番茄。亚芳欢喜得很。两处的炊烟，两处的饭香，一轮月亮笼罩着这小小院落。彼时虫鸣私语，我青春康健的妻子在枕畔睡眠甜畅，就在我近旁，不远的地方，栖着梦与美。我内心满足，无须再另诉衷肠。

窦氏的安宁，总难久得。她的旧邻，总分外热心。大抵因她是个独居女性，所以他们多觉得，他们有责任、有资格来关照一笔。每日晚上，夜幕方落，门庭若市的好戏，常常上演。大概我是外乡人，又是年轻人，因此他们极少忌惮我。一进院落，声音就嘹亮坦荡。那个胖大的食堂掌勺带来的数个饭盒，装着从学生的饭菜里克扣下来的鸡腿、肉圆。我亲眼在食堂派饭的窗口见过他打菜的技巧：打菜时，他大勺下去得总十分大气，似在菜盆里实实在在地挖上一勺，正处于青春期永远饥饿的孩子，带着喜盼看着那大勺；可他提起勺子，手腕一抖、再抖，在抖动大勺时，十分有技巧地轻微转动使之倾斜，重要的内容物纷纷落下，土豆烧肉只留下了土豆，红烧排骨只留下了没肉的骨头，那有节奏的抖动，抖到孩子的眼泪都要落出来才作罢。为了安慰他们，他通常会在下一勺，给些肉汤浇头，均匀地洒在米饭上，再抬一抬大勺指示下一个学生上前，递送餐盘。那些被抖下来的“干货”，现在变成了饭盒内他对于这对母子的心意。他的脚步总大而重，落地实在，同他脚步一同进入院子的还有宏阔的声响。他大力拍门，待窦氏开门，不容推让地，把饭盒和自己的胖大身躯挤入门内，喋喋不休地开始他对今日菜式的赞美和夸耀。从肉在猪身上的部位到鱼的新鲜程度，再到油品的质量，持续半个钟点才悻悻作罢，不舍离去。收发室的老头，好像从年轻时就是老头了。他头型古怪，似滴溜溜圆的鸡蛋，毛发从不见多，总是稀疏。他来得不多，但每周必然报到。他带来窦氏远方丈夫的信件，以及自己对于独自带娃的女性的怜惜。他慢悠悠入院，拎着从不离身的茶缸，必以讨要水喝为理由，自然地登堂入室，全不需强力。他悠悠放下信件，照例地表达对这个女性处境的同情，与她说些拉杂低级的话语。我几乎可以想象，他用尖细近伪的声音，要凑近她身畔，不甚自然地言讲“她年纪既轻，独守之难，几是戕害，几多可惜”之类的话。他和他，和他们，络绎不绝地上我的邻居的门前，像事先约定好了一般，从不错乱，有序出入。我的邻居窦氏，在人们的传言里，引起的“啧啧”声响更多——男性“啧啧”上门的那一个中，少了自己；女性“啧啧”窦氏的妖异，担忧自己家中的那一位，成为上门的那一个。

这许多人中，每日有理由堂皇地进出院落的，我以为只我一个。可是，我守护不了这院落的清静，一如我守护不了窦氏。

流言惊人，亚芳却天真不知有患。相邻半载下来，我的新婚妻子与窦氏交了真心。首先的缘由，不过是因为我的妻子期望精进厨艺。起先是因为一碟熏鱼。某日，窦氏差她的孩子送来一碟熏鱼，亚芳与我，都被完全征服。其肉质外焦而内软，甜鲜合宜，像清风弦乐，拨动心灵。亚芳说，太好吃了，总要学得这一样来，可以做压轴手艺，一洗前耻。于是，那几日傍晚，亚芳一下班就把小煤炉搬到院内，拖着窦氏指导自己。窦氏耐心教她，顺手还做了两家晚饭。我们搬了桌子，在院内的玉兰树下面一起吃饭。夏夜蝉鸣正好，风和天清，蚊虫甚少。我们仨，共着孩子，食绿豆粥、玉米棒、葱油碧绿蚕豆、凉拌的黄花菜、糖渍的西红柿。灰蓝的天空，绯红的云彩，那些来客，推了院门，知难而退。这院落，倒得了前所未有的安宁。

也是那样的傍晚，我见到窦氏少见的生动：容颜上的色泽，吃饭时的娴静，照料幼子时的耐心。她从哪个方面来看，都是再适宜不过的妻子与母亲，绝非流言里的形象。

我自信我对于人的判断，我自信没有偏爱或者被蒙蔽。美由心生，皮相彰其华彩。窦氏之美，非仅在皮相，而在于她满足一个男性所能有的寄望与渴望。

窦氏之困，非我能解，也非亚芳。这前仆后继的、绕着窦氏的俗世蚊蝇，止于某个悄然的脚步声响。

他的身影第一次进这院落时，光影从背后投射，使不甚高大的他伟岸起来。他第一次来是一个周四的傍晚，亚芳碰巧先遇了他。待我回来时，她表情惊异地拉我入门，与我说起一个不应当出现的人：他的名字常见于地区新闻，面孔常见于印刷拙劣的本地报纸；他因为兼任校长的职务故而住在学校，不过他的住处是另一处独占的院落；他在学校开会时坐在中间位置，为人周正有礼，言谈颇为可信；他有体面的妻子、出色的孩子和堪称完美的模范家庭。妻子对我说，他走进了窦氏的家。我是不能讲出什么话来的，因为我也曾受到这个名字的荫护。他对新来的青年教师十分客气，也尽力多争取一些实际利益：住房分配颇为照顾，课程安排也很尊重，能打破常规、多予建设。他有开明的态度、爽朗的气度，他具有对一切皆可掌控的那种沉着，对于当时的我并不是没有造成压力的。所以，如果出入窦氏家中的是这一个人，我并不能说出什么，甚至，我的第一反应是问了亚芳，那人出入的时间，心下即刻排算以免与他碰到。仿佛，这也是一种不当和冒犯；仿佛，这是眼前我唯一能做的事。

小城的四季鲜明，天空也时有清明。我的生活不过刚刚开始，有了建设的雏形。按照某种预想，我和亚芳会按部就班地升职，积累小家庭的财富，过上县城中最为理想的体面生活。我们且年轻，且康健，正处在有资格要求和索取的时候。我们面临一种交易，用知识学历和清白人生，交易一种标准化生活的可能。

这是我来到这所县城师范的第三年了，我看着讲台下面的那些年少面孔，已经没有力量讲出坚定的话。我所陈述的我自己都不能确信，我或只能选择在应该沉默的时候沉默。除却课本相关的内容，我很少再谈论其他，或者关心其他。面对那些对我充满期待的面孔和目光，我会心生畏惧，因为我不能代表正义、美善，或者希望，我只是个庸人。

可是，有时我会恍惚，甚至在课堂上、在讲台上，我会问自己，我站在此处是为什么？还有更好的事情会发生么？如果我不能改变其他，甚至我都不能改变我自己，那么明知道走向湮灭和死亡的我，是否背叛了谁？我是否背叛了我？甚至，我是否背叛了窦氏？

那天，亚芳不在。她父亲有恙，她请假匆匆回去了。从下午开始，我就想象着夜晚降临的样子。暮色笼罩这院落，它是这星球上再平凡不过的一个角落，又是我能拥有的全部。这天不是周四，这天不当有访客。这一夜，这个角落完整地属于窦氏，属于我。像在世俗的真实中借得一个并不存在的空间，一个折叠和隐藏的空间，我未必没有渴望的、又一直隐没的空间。

自从那位贵人出入西厢，我更少看到窦氏，她似乎刻意避开了和我们共同出入的时机。西厢更加安静，连那个正处于最顽皮年纪的幼儿都似乎懂得收敛。我盼多一点声响，笑声最好，哭声也可，有了声音才有了活气，毕竟人总要活下去。我哀怜却丝毫不能假以援手的女性，会如何领受命运？她的顺从忍耐，如何引她走向悲哀的人生？她是天上的星，天上的星发着光，人们或去摘她，然并不是星的错。

偶尔有不曾预设的遭遇、不能躲避的目光撞见，她看我，像溺水者无法发出声响，像等待被屠宰的小兽。她有灵、有梦、有美，这对于她，反而是残酷的附庸。在这种情境里，需把灵魂从肉体中抽尽，让它以俯视的姿态漠视肉身与世界相处的方式，人才有能力生活下去吧。

这县城这么小，谈论是非长短是对抗无聊消磨光阴的绝佳方式，用以掩盖生活庸常重复的面孔。人们相见，不过三言两语就容易谈论到他人的生活。人们追着窦氏的新故事将她谈说成某种传奇，或者某种妖女。在学校，倒是再没有人滋扰她。她所到之处，人们自然地避开，留无声的空白和一个暗示有界的区域给她。她也如此乖觉地保持安静，不冒犯、不越界。

即使纯善如我的妻子，对和窦氏的交往也有了迟疑。我看到我妻子眼神里的惶惑，来自本能地对危险的规避和教习所隐藏的势利的影响。她同窦氏的接触明显地变少了，她很容易投身到新的圈子中去，她是人群里最无害的那种女性。她时或带一些新友到家中，与她们交流新入手的衣服面料与款式，分享应时的食物。只是小院里生起的欢笑声里，不再有窦氏。

每周四，贵人的出入，让西厢格外安静，那个孩子也总被寄放在别处。我照例地与亚芳吃晚饭，照例地看书备课。这对我来说，不过是又一个平常的夜。有时这安静让空气凝住，令人窒息。于是我邀亚芳出院外散步，在不大的校园里来来回回地走，踩着地上枯败的落叶，窸窣作响。我们各怀心事，却又伪装成平凡不过的外出。

这天傍晚，我听见窦氏悄然滑入门内，声息轻微得仿佛只剩下了一缕魂魄，我惊诧甚至没有听到孩子的声响。我知道她是一个人，她进得西厢，我在东厢。这一夜，既短且长，一生只此一夜。

不能入睡，走入庭院。夜空是薄薄的新月，细小、脆弱。我盼着身后有脚步声响起，我盼着转过头看见她，看见她小兽一般的目光，或者我会有勇气向停滞浓郁的黑暗发声，发出质询和怒问。我想珍视，或者保护我所相信的美。我知道世界不曾变化，他们侵占、抽离美的灵魂，倾注他们的意志，使之失去光泽，变成世俗景象中最平庸的一个，可以被标价，可以被交易。自然造化催生的美，这样生，这样死，像灵兽一般的象征物，像末世的预言一般到来的消亡。彼时，我是无言无行的那一个，我诚然无力保护，只能留她彼处；彼时，我也是逃离的那一个，我怕我所信仰的被消磨殆尽，摧毁殆尽；彼时在彼处，困与磨，挣扎与无力，已经打破的精神边界和处于限制的生活已经无法共存。我必须做出选择。

我提出决定离开那所县城师范的时候，亚芳也并没有觉得多惊奇。我们本是最擅于隐匿于人群中的两个，一时也成了小城话题的中心。我决定以考试读书的方式离开这个小城，现实中也经历了一番争斗，总是做成了。我不知道我能否带着亚芳去往一个更好的世界，但是，它对于我总是新的。新的，或总还有希望。那时，我们在全无知晓中也迎接了另一种新——我的妻子亚芳，腹中已经有了一个孩子。我们偷偷去县医院找医生瞧了，是个姑娘。亚芳的肚子一日日大起来。离开前的那段日子，一般地，我常见那身影来，我常听到隔壁的安静。太安静了，安静得令人不安，要担不合时宜的心。我最想是雨天，那人又来，门悄悄关上，檐滴却在，似小狗的脚步，惹人回顾。于是空气可以动，于是有了风，于是人有了活气——人总要活下去。

亚芳孕育了一个孩子，她肚子一日日大起来。那孩子会有她的眉毛、她的下巴和我的眼神——那湿漉漉的眼神，和窦氏一样。

经济学家的爱情

我一直以为读书是没什么用的，但父亲不这么认为——他一直把六十年前，爷爷那场生意失败的原因归结为爷爷没读过书。没读过书所以会被当大律师的合伙人欺骗，才有破产的悲惨结局。那次破产的后果是爷爷气病身亡，奶奶别嫁，不满五岁的爸爸成了孤儿。其实，当时的社会动荡，钱财散尽未必不是一件好事情。穷苦人家过活，纵然水深火热，每日有一口热汤喝，也是实实在在的幸福。

爸爸一直说他都是靠个人奋斗打拼得到现在的局面，我承认也相信。一个小镇瓦匠拉起一帮兄弟到城市揽活，从包工头到有了自己的建筑公司再到后来俨然是一位小有影响的开发商，他走过的每一步都没有帮衬，靠的全是自己。

我从小不爱读书，小时候放羊似的日日逃课。到了中学被爸爸捉进城，学会了规规矩矩地坐板凳，读书不好也不坏。糊涂地度过了中学，进了大学。大学四年，我把很多时间贡献给了电脑游戏和纸牌。唯一的好处是不乱谈恋爱和伤害人心，大抵是懒惰到不爱出宿舍门的缘故。

终于毕业，谈不上有什么学识的我托爸爸的福进了政府机关做内部杂志。杂志名唤《某某价格》，百分之八十的内容我看不懂，唯一能做的是改改错别字。爸爸并不愿意我进他的公司，他们公司开发部随便拎出一个人不是出身名校，便是海归一族，爸爸脆弱的自尊心受不了打压。

我对于人生，真的没有什么打算和要求，自知才智上没有过人之处，也做不到特别勤奋努力，唯一的优点不过是心地还算纯善。工资不高，一个月两千多点，不够花了就去爸爸放生活费的钱盒子里面抽几张，但也不会多拿。我不是喜欢奢侈的人，小时候穷惯了，也学不会高贵。没有压力的生活让人很容易自甘堕落，在单位做了一年多还是个默默无闻的临时工，专业一窍不通，别人想提拔我都难。爸爸终于出离愤怒，要求我去某名校读MBA，否则断我的零花钱。想想虽然工资也够生活，但未免压迫。为了经济的自由，还是受点苦读书去吧。

课程时间是每周六全天和每周日上午。授课的人看上去大多面目可疑，我猜想大概都是在外诸多兼职、主业完全不在授课的老师们。这样的课程不过是欺骗爸爸这样迷信文凭的人。

这一段学习，不过是我无聊人生的一段无聊插曲。我以为一切波澜不惊，一切一如既往，我没有知道我会遇见他。

那日课上我昏昏欲睡。夏日的午后，空调微凉，知了缠绵痴叫，十分催眠。我不知道他何时进来课堂，不知道他讲了什么，不知道黑板上如画符一般的公式是何意义，我只想熬到傍晚，早早下课。后来大概就真的睡着了，趴在课桌上，十分香甜。周围比我好的人不见得多，有在手机聊天的，有在玩PSP游戏的，也有两两在课桌下牵着甜蜜小手含情脉脉的。至少，我还够安静。

几乎快下课我才醒来。睡眼蒙眬里抬头看你两眼，觉得倒也周正，相貌不丑，比前两天授课的人好上许多。如此感想后便收拾书包准备走人。

他很快说了下课，收拾起讲义。我飞速准备离开，不想他大步向我走来。

他停在我面前，高出我一头，用毫无温柔、不容拒绝的口气说："一起吃晚饭吧。"这是他第一次和我说话，也是我们的初识。

事情和浪漫毫无关系。吃饭的时候，他给了三个理由：一、当然是最主要的原因，两个人搭伙可以多点几个菜，分摊下来，花费不多，却可以多尝几个菜；二、我上课睡觉时间太长，他觉得我愧对昂贵学费，觉得有必要友情提醒；三、这个理由，他并没有和我说，而是我自顾地猜想和附加上去的，那就是，也许因为我还算好看，和我吃饭至少会心情愉快，愿意延长用餐时间，而长时间的咀嚼有利于消化吸收和胃肠健康。

吃饭的交谈里我才知道他是本校毕业的博士，在某投资公司工作，做指数研究，周末来兼职授课。他认真地说："周末无事，股票亦停盘，在家闲着，不如把时间换成金钱，增加意义。"他算给我听："每个小时的授课费用是五百元，每周六下午三节课就可收入过千，而来回的的士费用可以在公司报销掉。吃饭选择学校食堂或者附近小餐厅吃也很经济实惠，总归在家也是要吃饭的。"

这只是个开始，这以后，我听着他计算过许多给我听。我并不见得喜欢斤斤计较的男子，可是他的计算只让我觉得他有一种孩子般的天真，觉得他够聪明，有一股神气，锐不可当。

每个周六晚上一起吃饭，后来就成了自然而然的习惯。吃完饭他偶尔会用信用卡积分兑换的电影票邀我去看两场电影。这样过去了两三个月。我与他在一起不必太在意仪表，十分轻松自在：我穿运动衫和跑鞋和他一道他也并无异议；我偶尔与他谈论时事时蹦几句脏话他也同仇敌忾与我一起愤怒，并不觉得应当挑我的字眼。他与父亲公司的那些精装白领都有些不一样——那些精致到袖扣都闪闪发光、见到我斯文地喊我小姐的男子与他比起来十分乏味。

但我们始终也没有亲密起来。他并没有当我是女性的约会对象而特别对待，我也缺乏与男子交往的经验，也并不懂得捕捉自己对他更深层的感情。从一开始，我就非常懵懂地、自然而然地习惯了与他的这样一种交往。对我来说，一切直至深沉不可收场，我才觉悟。

爸爸猜疑我恋爱，但这种猜疑总在肯定和否定之间盘旋：他见每个周六晚上我回来得比他还晚，就怀疑我恋爱；但见我穿着那样糊涂的衣衫出门，回来又没有特别甜蜜恍惚的表情，他就否定这种怀疑。但时间久了，他还是召见我训话，说外面狡猾的男子很多，都是出卖相貌甜言的，要我擦亮眼睛，务必以对待真钞和假钞的严谨态度，识别善恶。末了，他十分忍不住地问我："是不是和人在约会？"我坦白地说没有。他却似乎有点懊恼。他说："你知道爸爸最在乎什么。"我笑笑说："我当然知道。你放心吧，你女儿虽然学习不灵光，不过头脑和你一样聪明。"

关于爸爸最在乎什么，许多人可能认为他最在乎钱，尤其是他公司的人——他们公司是本市最早提倡无纸化办公的几家公司之一，开会的通知都由秘书通过公司内部网络发至个人邮箱；他们开发的小区的绿化成本爸爸都要十分计较，不惜派人下乡收购也不肯让绿化公司赚一笔差价；他们公司一年四季只提供纯净水，盒饭标准从来不超过七块，年终抽奖的最大奖项最多是数码相机。不过爸爸给的年底红包够殷实，因为他更看重这些实际的东西。

爸爸最在乎什么，其实在我看来却不一样。也许是从小没了妈，和爸爸一起长大的我少了很多女性的娇柔，多了一些磊落，但是，却又有一种缺点就是很不善于表达自己，尤其对自己在乎的人更难开口。爸爸最在乎的是什么，他不说；我知道，我也不说。不自夸地讲，他最在乎的，当然是我。没了爷爷、没了奶奶、妈妈去了以后，这世上，他只有我，我也只有他。

他还在乎知识，因为他没有读过什么书，没有文化，生了个女儿又努力培养不出文化。缺什么自然馋什么，每年招聘期他在人力资源部看投来的无数简历，随便抽出一份，要么是名校来的，要么是硕士博士，这时候他就既有点羡慕又有点忿忿。

其实，偶尔我也动念头：如果沈慕星真是我男朋友，爸爸该多得意。不过，这念头，也仅仅一闪而过。

除去上班、上课以及和沈慕星一起吃饭、看电影、散步，我几乎所有时间都在家。过了玩游戏的年纪，我勤勤恳恳地下载最新的日剧和美剧看，从不拖拉。在聊天工具上我始终隐身，懒得跟人说话。不过，我很快发现，沈慕星比我好不到哪里去——他除去上班、讲课，和我吃饭、看电影、散步的时间，几乎也都在网上。不过他比我高级一点——他热衷在各大论坛写经济时评。他写的时评经常被财经小报转载，并付他些报酬。他和我说，这样网费就轻易挣回来了。他真一点不吃亏。他一般都在线，我一般都隐身。我从不主动找他，有好几次，他忍不住问我：“在么？”我有时回他话，有时不作声。从那时候开始，我知道沈慕星也很孤单——现实生活中没有交往的人就罢了，连网络上都没有聊天的人。这孤单让他会偶尔想起我来。

他只是生活中需要一个人，我无意成了这个人。不过，说实话我是愿意与他说话的。与他一起，每一分钟都像在上课。他知识广博，术业有专攻之外，兴趣广泛又都能有所见地。我可能无意也感染了爸爸爱知识、爱有知识的人的毛病，因此对他十分佩服。

本来这样也就罢了。我们关系的转折是因为一件说大也不大、说小也不小的事情。

还是一个周六，与他去一家新开的重庆菜饭店吃饭。回来我肠胃不舒服，半夜起床吐了两次。一早就被爸爸送往医院，刚下车又吐了一回。诊出来是急性肠胃炎，就打了吊水。在医院输液的时候，我用另一只没有插针的手把手机号码簿从头到尾仔仔细细翻了一遍，却发现没有一个人可以聊天。连续两天，疲乏得很。输液、睡觉，没有上班，也没有上网，醒着的时间对着天花发呆，我第一次觉得家里静得让人心慌。这时，手机鬼使神差地嘟嘟响了两声，是短信的声音。我几乎扑过去看，打开是他："怎么没上网？"

"生病了。"

"什么病？"

"肠胃炎。"

"是不是礼拜六吃饭后这样的？"

"你怎么知道？"

"我也是，不过没你严重，腹泻而已。"

"嗯。"

"对了，你家在哪？"

“干嘛？”

“我去找你。”

我困惑地把地址给他，心想，无故探看病人不像他一贯的作风，而且我和他也没有亲密到需要来探望的程度。

不过还是有点紧张。起床把几天没洗的脸洗了，几天没丢的垃圾丢掉。看看客厅里垂头丧气、有一个礼拜没有浇水的滴水观音，我突然想起来，这个家里，已经很久没有客人来了。爸爸从来不把人往家里带，有任何应酬都在外面解决，说是为了我的安全的缘故。我经常笑他我还不至于是富豪千金招人绑架，爸爸就又搬出他的论调：鸟为食亡，人为财死，为一百块杀人的人都有。

过了两小时左右，也没有见门铃响。他住的地方他告诉过我，离我家最多半小时路程。我想，他可能不来了。想着觉得没意思。飘窗外，秋日下午的阳光正灿烂明媚，银杏树飘落金黄的叶子，小孩子的欢声笑语此起彼伏。我狠狠地把窗帘拉得严严实实，往床上一倒，就又窝回被子睡觉。不知道为什么，心里一阵莫名委屈。“既然不来，为什么说来找我，说找我又不来。”想着想着，几滴眼泪就从眼角慢慢地淌了下来。上次流眼泪都不知道是什么时候了。这个下午，气氛古怪，一切失常。

这时，门铃大作，我慌乱地穿起拖鞋就往门口跑。打开门，他赫然在外面站着。

“你哭了？”他惊讶地问我。

我恍然摸到一点泪水挂在腮边，愣了愣，没有作声。不过，我立刻也惊声问他：

“你出车祸了？”

他衣衫不整，衬衫被撕破了两道口子，手臂、脸颊和脖子上都有一些伤痕。我认识他这么久，他从来没有这么狼狈过。

“乱说什么！”他边责备边换鞋进了门，“这房子不错啊。”

我又愣了一下，说了句：“是亲戚的房子，他们出国了，借给我们住的。”

我话说完，脸上滚烫。不过他没有发现。他径自去了卫生间，大概简单冲洗了一下伤口就出来了。

坐定，我问他怎么回事，他告诉我去找过那个饭店老板了。本来只想简单交涉一下，然后到我这里拿医院的看病发票，再去找老板赔偿。不想，对方一口否认，出言不逊。下午正好厨师们都休息，空着就来帮腔。一来二去，言语不合，就动了手。

他豪气地和我说：“我是不怕这些人的，动手就动手，他们一个绝对斗不过我，不过人多势众罢了。”

“何苦和他们打架呢，反正都是小毛病。”

“社会就是被你这样的人纵容坏了的。吃了生病不去找他，难道吃死人再去找他？”

我十分费解，何必上纲上线？又想想自己在生病，还被他一顿训。说起来，平日里，和我最亲近的人就是他了，平常冷冷淡淡就算了，到这种时候，也不见几句好言语。眼睛就又不争气地开始红了。

我忍了又忍，豆大的泪珠还是扑落下来。

他一看，却立刻窘迫起来，手脚都不知道怎么放好似的，反反复复只是说：“你不要哭嘛，你不要哭嘛。”

他不说也罢，他一说，我却像是这些天憋足了的委屈难受一下子释放开来，更多眼泪涌出来，更是哭到泣不成声。他越发慌乱，我却又累又晕乎地就把头靠向了他的厚实胸口。不多会，他的衬衣就被泪水浸湿了。他用肥厚的手掌笨拙地一下下抚摸着我的后背，机械重复，路线都有规律。我却像被抚摸的猫咪，十分享用。这是许多年没有感受到过的温存。

哭完，抬起头看着他，认认真真看着他的脸。直看到他有些不自在，我却笑了出来。他也笑起来，露出好看的牙齿，道："什么人啊，一会哭，一会笑。"

他突然捉过我的手在他的大手里摩挲。一开始，他只是想摸一摸我的针口，后来，就变成了对我整个手背、手掌的摩挲。依旧很笨拙，很用力。

窗外的夕阳余晖发出最后一些灿烂的光芒，给这世界笼上了一层温柔的颜色。

我和沈慕星的恋爱正式开始，我依然很不可思议他活到三十五岁却像是完全没有恋爱经验的人。他坦陈，他与女性交往的时间很少。他完全不懂得说甜言蜜语，从来没有夸过我好看，第一次亲吻我的时候也只是说，很柔软的嘴唇啊。

可这对我来说，已经足够了。这世界上，除了爸爸，我终于又多了一个有亲密联系的人，而且他聪明有智慧，更兼强壮大块头。

有一天，和爸爸看电视，转台转到动画片怀旧版在放大力水手，我停下来看。爸爸冷笑说："小时候就喜欢看这个，多少年没进步。"我问："爸爸，我要是找一个像大力水手一样的男朋友，而且还是读书读到博士的，你会怎么看？”爸爸继续冷笑了两声，没有理我，回房间睡觉了。他大约觉得我是在做白日梦，懒得与我理论。

成为男女朋友后，我们见面多了一些，而且我受到被他邀请回家吃饭的优待。沈慕星做得一手好菜，且十分懂得营养搭配。作为教授我生活的小窍门，他向我展示了他积攒的超市卡和优惠兑换券。超市卡是买的别人转手的，每一百元至少可以省下5%；优惠兑换券是买同一品牌的东西满一定数额后可以拿的，兑换券累积到一定数额就能换比较大件和实用的东西了。他计算着累计的航空公司的飞行里程，说再攒攒就能换两张机票带我旅行了。旅行当然去风光好、气候好的地方。我笑说：“带我去哪里？”“三亚吧，三亚好了。”他认认真真说，“没有去过吧？”“是啊，没钱去。”我苦着脸说。“以后我带你去。”他拍了拍我的头。

回家我对爸爸说：“我想去三亚玩。”爸爸正在看报表，头也没有抬，说：“国内有什么好玩的，要玩直接去国外玩好了。”我怒视他：“爸爸你不爱国。”爸爸嘻嘻笑了：“爱国都是你这么爱的，全身上下没一件国货。”我脱下袜子，展示给爸爸：“看到没有，十元三双在小市场买的，质优价廉。”爸爸说：“你是典型的大处不省，小处省。”

泡在浴缸里也想大声唱，恋爱果然让人心情好。看身边的每一物件都与他有关联，铮亮的水龙头上都倒映他的笑脸。一度我也想向他学习，积极理财，勤俭持家。我上网参加各种团购，从巧克力到洗发水；看电影只挑周三的特价日去；钱包里永远满满塞着各种餐厅的优惠卡和抵价券；在商场看中的东西一定忍到五折以后再下手。可是，新鲜了一时，没过多久，就厌倦了。有时两人就有了一些小的矛盾。

出了地铁，他照例问我："有没有拿发票？"我说忘记了。他说："四元钱的啊。"我喃喃说："下次记住吧。"他们公司的交通费用是可以报销的，他通常连乘公交车也会拿发票的。每次吃饭吃到最后就是最折磨的时候，要么就是他热烈地要求我再吃一点，不要剩下，要么就是我热烈地在反抗不许他打包。

"已经只剩下这一点了，别打包了。"

"明天早上就着剩饭炒一炒可以当早饭的。"

"可是，拎着饭盒走路好不方便。"

"又不用你拿。哦，你是怕丢脸，你太虚荣了。"

他总有本事说到我气鼓鼓说不出话。可是，我实在不是会跟人生气的人。第二天，总是我先笑眯眯地去找他，把头一天的不开心忘得一干二净。

爸爸终于还是觉察到了我的恋爱。冬天来临，转眼到十二月，圣诞一点点临近。

有天吃过晚饭，爸爸突然坐到我面前认真地问："你喜欢你男朋友么？"

我点点头："喜欢。"

"真喜欢？"

"嗯，他人很好，有学问。"

"好。"

第二天，爸爸带回来一个表盒给我，说："这个你过节送他吧，别花自己的钱了。”我瞄了一眼牌子，笑道：“爸爸出手很大方啊。”爸爸轻描淡写地说：“这个是人家从香港给我带的，打完折价钱还好。”我打开盒子看了一下，我知道他这是让我宽心——这表我刚在杂志上见过，是最新的纪念款，再怎么折扣都不算便宜。我心头一热，扑向爸爸说：“谢谢爸爸。”他很不习惯地连连挥手说：“走开走开。现在怎么变这样了？女孩子家要稳重。”

过了一段时间，我和沈慕星谈起了见一见我爸爸的事情，他有些犹豫。

“现在认识还不久，过一段时间吧。”

“又不是谈婚论嫁，只是见一见。同一个城市，住得又不远，很方便的。”

“我比你大不少。”

“放心，我爸爸不介意这个，而且你又不是老头子。”

“等等再说吧。”他似乎有点不高兴的样子，我就没有多言。私心里我却想，他是不是怕要给爸爸买见面礼呢。但很快我强迫自己打消这个念头。

后来的谈话里，他有意无意问起我爸爸的情况：“你爸爸有社保、医保么？”

“没有啊。他自己做生意，哪里有这些。”

“也没有买一些保险？”

我想了想：“他没有和我说过，应该没有买吧。”

“还是买一点好，以防万一。要有这种意识。一般家庭是对抗不起大的经济波折的，要防患于未然。”

他一直不知道我爸爸是做什么的，一直以为他是个小生意人，旱涝自保。自此以后，他总和我说起让我爸爸买保险的事情。我有点不愉快，想着他是不是怕以后爸爸的医疗和养老问题会成为他的负担呢？现在还没有要他承担，他就如此，以后要他承担，他是否会推卸责任呢？

他确实不是愿意给人分担的人，就算我们相处快一年下来，他为我的花费也屈指可数。这几件事情想在一起，就让我与他难免有了隔膜。

只是单纯地喜欢一个人的时候很简单，可是这爱放在现实中，就会有各种问题。人的性情都不是十全十美，在面临问题时候的犹豫和踌躇里，各种小的性格缺陷就会被放大。

他的计算精明，我原来觉得是很大的优点，现在却担心他会这样待我和父亲。我本来可以说是豁达开朗的一个人，面对别的人也未必会如此小气多疑，可是，因为对我与他的未来如此期待、用心过深，所以对他的种种言行作为却不免计较起来。

我刻意地少了和他的联系，我是怕自己心里带着不愉快与他相处，难免细节言辞里带出来，反而更不好，不如冷一段时间。他却不知道是木讷还是别的原因，也没有多找我，我们每周见面的时间少了许多。不过也有奇怪的地方，就是，即使他不和我在一起，也很少在网络上和我联系。他这种一反常态的做法，也让我起疑心，想是不是他和别人在一起了。恋爱算是什么好东西呢？快乐的时候快乐，不快乐的时候简直要让人人格扭曲。我一边贬斥着自己，一边还是忍不住地担心。

对我来说，他已经是亲人，他、爸爸、我组成了我生活稳定的三角形。他是我的初恋，是我在心里早已承认的人。我们的爱一开始就脱离了浮夸的低级趣味，让真实的性情和生活习惯都向对方袒露。不管我对他有多少不满和意见，却不能改变我对他的初衷。有些东西，在我的心里有执着的信念。

纵然是这样，对方又能了解你多少感受？电话照样地默默不响。“单位年终事情繁忙”，我也就借了这理由，让自己尽量忘记。

二十二号中午他终于打了个电话给我，让我和单位请一个礼拜假，整理些单薄衣衫晚上去他那里，然后没头没脑就挂了电话。我整理衣服，去他那里，心里想究竟是什么事情呢？私奔？潜逃？虽然很纳闷，我还是立即好说歹说向上司拿下一个礼拜的假，不管她在我背后如何面色铁青，盘算等我回来如何收拾我。

和爸爸说晚上要住在外面一晚，他很犹豫了一下同意了，竟然没有多问。看来为了能让女儿嫁出去已经快不惜出卖我了。

整理好东西急匆匆去了他家，到了门口才想起自己没有他家的钥匙，而这时候离他下班还有一个小时。我就把东西放在楼下的管理员那里，然后去附近菜场买菜了。走在菜场里，想着他平时也是在这里买菜，想着以后与他一起生活，一起来这里买菜，心头温馨得不得了，这许多天的复杂情绪一扫而空。但想只要我爱着这个人，且他也爱着我，并没有什么问题是一定不能解决的，只是看愿意不愿意去为了对方解决，还是借了借口逃避。

买好菜回到楼上，他还没有回来。我坐在楼梯口等他，不知不觉就睡着了。也不知道过了多久，突然顶灯亮起。我抬起头，揉了揉眼睛，发现他正看着我。

“真傻，在外面睡不会着凉么？”

“你不没有回来嘛。”

“你不会给我打电话啊？”

“我怕影响你工作。”

再看看他，我怔了怔：“你瘦了。”再仔细看了看：“你瘦了好多啊！”

不知道怎么回事，我的手摸上了他的面颊，眼泪立刻下来了。

“瘦点好，胖了不好，容易生毛病，我以前就太胖了。”他嘟嘟囔囔地说，“哭啥，快进门吧。”

我们简简单单吃了晚饭，他让我先去洗澡。洗完澡出来，他已经帮我把小房间的床铺好了，说：“被褥都是干净的，今晚你就睡在这里，空调已经开好了。”我环视了一下，说：“窗户没有防护网的啊？”他笑道：“七楼不会有人爬上来的，放心吧。”

回到客厅看电视，我故意不问，就这样静默着。他默默地把两张券放在我面前。我拿起来看，他轻轻地说：“我拿到的优惠券，三亚四天三晚，明天出发，豪华游轮，食宿全包，一个人只要两千多元。”

他坐到我身边，继而说：“这段时间对不起啊，我接了份别的公司的兼职，比较忙，所以比较少联系你。”

我的眼泪一下子涌了出来，突然地如释重负。

“圣诞节的礼物呢，除了这次三亚行，还有这个小红包。”他递给我一个厚厚的红包，对我说，“用这个把你明年的MBA学费交了吧。那个学费不便宜，你父亲承担也会有压力的。”

我只是默默地流泪，一句话也说不出来。

晚上道了晚安，各自回了房间睡觉。我躺在床上，默默想着没有认识他的那些孤单的时间，想着一起经过的琐屑的点滴，想着今天晚上所听到的每一句话和他的每一种语气表情。

我抱着被子去敲他的房间门，他开了门。

“怎么了？”

“小房间的窗户没有防护，我害怕。”

我径自进去他房间把被子铺在地上，倒头就睡。

“不要睡地上，地上凉。”他把我拖到床上，替我铺好被子。

他的床十分大，足足有两米多宽。我好奇地问：“要这么大的床做什么？不符合节约的原则。”

他说：“以后生的孩子多了才足够睡。”

我不说话。

关了灯，两个人静默了很久。我听到他的沉重呼吸，知道他也没有睡着。

过了很久，他终于问了我一句：“在小房间你怕窗户没防护有人爬上来，在大房间，你不怕我么？”

“怕你什么？”

他语塞：“没什么，睡吧。”

不知不觉我枕在了他的臂弯里，两人都渐渐睡着了。这一夜睡眠无比甘美甜蜜。

第二天我们就出发了。这是我生命中最无与伦比的一次旅行。在我后来的人生中，看过的再美的风景，享受过再奢华的礼遇，都无法超越这一次旅行。

每一分钟我都想与那个人在一起，即使在身边，亦会觉得很想念。夜里醒来的时间，看着身边人的脸，听着他匀净的呼吸，希望能够是一生的时间。

回到家以后，沈慕星再也没有与我联系过，我也没有去找过他。

这次的完美圣诞是他给我的分手礼物。他很快结婚了，对方是他兼职公司的一个部门经理，无论收入、相貌、年龄都与他十分相当，所以，他的选择，其实很可以理解。他始终以为我是一个小职员，还有一个风雨飘摇的家庭，这对他来说，有太多不确定因素。他不了解，我是否有能力与他建立起一个有强大经济实力的家庭，从而给以后的孩子以足够宽松与理想的环境。

我把那只表还给了爸爸。

当时，爸爸在给我那只表之前、问我喜欢不喜欢我男朋友的那天晚上，曾给我看过一沓照片。照片上，沈慕星与一个陌生女子在不同场合出入。那个女子，其实就是他后来结婚的对象。原来他到底不放心我，找人去调查了沈慕星。

“你喜欢他么？”

“喜欢。”

“真的喜欢？”

“嗯，他人很好，有学问。”

“好，那你看怎么办？”

“爸爸，让我自己决定吧。”

“好。”

谢谢你，我的经济学家，至少，你给了我完美的收尾。你用最小量化的支出得以最大量化的获取，用十分符合经济学原则的方式，给了一段感情一个良好的结尾。

我认识你的方式很微妙，你不觉得么？这个世界上，每一秒钟都有千万的人相遇，因为一个微笑、一场灾难、一种眼神或者一种气息，而我们的相遇，是因为一场交易。虽然我不想那么不浪漫地承认这个现实，但是，你知道，我更加诚实。

再见了，我亲爱的经济学家。

连 生

连生并不愿意停下来多想自己的生活，因为乏善可陈。看似的体面安稳，其实是经不起深问的现世太平。大学毕业以后，做了一份工，遇到一个条件还不错的人，就嫁了。嫁人之后停了工作，在家做全职太太。也无所谓好和不好——家庭的景况没有好到日日让她环游世界，但也够她平时自由购物和娱乐。

每天面对的那个人，看着很熟悉，有时也觉得陌生。一日三餐做给他吃，一天大多时间面对他。不对着他心慌，对着他有时也会闪过“有一段时间不对着他也蛮好”的念想。

这个世界对她来说，缺乏欲念。没有想见的人，没有想去的地方；热闹的朋友很多，谈不上几个交心；亲戚很多，谈不上几个贴心。她只是做足本分。每个周末惯例和丈夫一起去公婆家吃饭，吃完饭她照例收拾碗筷。有时洗着洗着会默默发呆，戴着橡胶手套的手缓缓停了动作，眼睛直直地对着水流发呆。她有时觉得，自己会这样洗碗洗老吧。那一刻，她会觉得，自己的存在，即使对自己来说，也可有可无。

人的心境是很奇怪的东西，常常与遭际有关。经历畅达的时候就觉得意气风发，内心膨胀了实际的和虚幻的各种想法，关于人世有过分的自信和狂妄；而经历挫折的时候，又自我贬低成一个小字——小到找不到，说话小声，做事小心，抬头看人的眼光里闪过的都是慌张。

可有没有这样一种情况呢？你不一定对这个世界有什么期待，你也不一定对自己有所期待；你不觉得人生会发生更美好的事情，你觉得人生对你来说，已经可以看到头了；你没有不开心，你也谈不上开心；你有时觉得孤单——虽然说这话实在有点似乎古怪，因为你身边时常是有人陪伴的。

你只是觉得，一个与你无关的你，生活在这个世界上。

空闲的时间太多，就容易留给回忆。连生的回忆最集中的，是她中学的一段时光。其实对周围的人与事都已经记忆模糊，但那时的空气与日光似乎都新鲜宛如昨日。少女连生，对她来说，才是真实活在过这个世界上的一个人。她对那个和她相隔了十年光阴的女孩子，曾经充满了无数的期待。当那些期待在现实中或实现、或幻灭以后，连生，成了今天的连生。

十五岁的时候，连生的爸爸妈妈调动工作，分在两地，家里无人照应她，就把她托给了在附近城市的一个乡镇当老师的舅舅，让她插班进了舅舅工作的学校读书。这一去就是两年时间。当时的连生很受欢迎，一则她的舅舅在学校大小是个教导主任，别人会给他点面子；另则，连生是个城里小孩，到镇上做了插班生，看起来总有点稀奇。她第一天穿的藏蓝格子的灯芯绒连帽小外套，就被许多女孩子眼馋地看了又看。那时候商品经济还没有那么繁荣，镇上没几个小店，女孩子可穿的衣服无非各种艳丽的红色。清清爽爽的连生，总有点抢眼。不管是牛仔外套配着白色的裤子，还是浅粉色的一件简单 T 恤，都曾经在她女同学的脑海中魂牵梦萦过很多次。

连生有一种讨人喜欢的个性。说起来是有一点不自信，但这种不自信又成了一种怡人的态度。在小镇时，她对于自己和别人的不同并无认识，不容易生成无聊的矜持。她和她们吃一样的零食，一样地放学后去小卖部买漂亮的笔和本子，一样玩一切流行的小游戏。她很快就被接纳了。

那时候的连生，白净的面孔，秀气的单眼皮，黑乌乌的眸子。这一种清秀敛淡的容貌，跟随了她很多年，并未受生活的沾染，历时光而改变。她读书很用功，虽然头脑说不上最好，在理科的学习上也颇有些吃力，但她总有一种认真的劲头——作业交上去总是最整齐干净的，一排排文字或者公式，像用直尺在比画着写一样，让人看着心头妥帖。

那时候的连生，只想着要考一个好的大学。对于身边的人和事情，她没有特别的关心。她只喜欢建立和睦的关系，对于自己，她也缺少认识。这一种朦胧的感觉，也保持了许多年。

一些年后，连生在大学毕业的时候，是有点恐慌的。她突然觉得，自己许多年既定的人生目标一下子完成了——她如愿考入了一所理想的大学，也顺利毕业了。她不知道自己下一步要做什么，如果只是工作，其实任何工作都可以。她缺乏人生的下一个目标。

而更可怕的是她结婚后的感受。她希望嫁给一个经济和人品都较为可靠的人，希望与一个和睦懂礼的家庭缔结关系，这些都实现了。她的感受是，我完成了我所有的任务，人生到此结束都不为过分。

泰和是大二的时候追求连生的，连生并未过分为难他，就和他在一起了。因为连生并不讨厌他，她亦不是喜欢卖弄女性的小伎俩让男人围着她转的人。她与泰和在一起三年，相处很融洽，争吵也没有过一句。大学毕业的时候，泰和要回家乡工作，连生并不想跟去，两人就分手了。分手也分得很和气。他们分手的时候恰在三四月份，到了五一假期，各自回家过假期的时候，泰和给连生发了手机消息，说我们不要分开。泰和果然签到了他们大学所在的这个城市的工作，愿意为了连生留下来。连生也回到了他的身边，但是小半年以后，还是分手了。恰好在九月份，连生刚刚工作两个月以后。而这回的十一假期，泰和没有再联系连生要求复合。这次连生与他分手，是因为有了合适的结婚对象。泰和很清楚，自己还没有能力给连生这些。

大学毕业后同学聚会，很多大学里面隐秘的恋情被拿出来说。有不少人与连生说，其实许多人喜欢过你，不过你一直和泰和在一起，那么稳定，谁也不敢和你表白。只是我们都没有想到，你们毕业后分手最快，你又结婚最早。

长相好看、经历清白的小姑娘总是不愁嫁的。当时温南和他的家人也不过是看中连生这一点。说起来，连生和泰和交往的三年真是相当清白，连接吻都中规中矩。连生是非常被动的一个人，对于男人和女人的事情更是缺乏了解。泰和把她保护得很好，她也就懵懂地过了那些年。只能说，是遇到好人罢了。若遇到另外一个人，连生能多坚定也说不定。她本来就不喜欢违背别人的心意。

连生到底和温南结婚了。他知道她不爱他，她也知道他不爱她，但是，他们还是结婚了。

婚礼在本市最好的酒店里最好的餐厅举行。穹顶水晶灯映照下的镶银餐盘熠熠生辉，抽象派风格的地毯旋转的图案如一场盛大的圆舞开幕。连生很美，礼服很精致，穿着淡绿绸缎礼服的伴娘很漂亮，举着头纱的花童很可爱。连生有些落寞。

连生从一开始就没有为婚宴积极准备过，一切都交给温南的家人安排和处理。对于一场谈不上期待的婚姻，怎么可能对它的仪式有多少期待。在她看来，一切都与她无关，她只要配合好、演出好自己的角色就可以了。

人们常说女人人生最重要的时刻是自己的婚礼。连生有个朋友，因为自己和男朋友的家庭经济都比较困难，一开始打算不办婚宴了。后来，还是在一家小小的饭店订了两桌酒席，请了至亲和好友。她让连生陪她去租礼服的时候，连生看到可供挑选的寥寥几件工艺粗糙的旗袍，心里面知道自己是不会让自己受这样委屈的，但是，朋友脸上那期待的、洋溢幸福的笑容那么真切，真切到让连生惊讶。这世界上真的有爱情么？真的有能超越贫穷和偏见、能把一个人的心打开、能让人懂得什么是真正的快乐的爱情么？

连生固然很好奇，但仍自信自己并不需要。

结婚后的连生，有时觉得自己有一种分裂。她有时对着温南会在心中默想，我不爱他；她去买菜，走在路上，会默默对自己说，我不爱他。可是，更多时候，她很清楚地知道，自己必须得爱他。他是这个世界上，与她关系最近的一个人了，比父母更接近。在填写各种相关表格的时候，关于他的信息，要填得比父母的更详全清晰。而这两个人，是心灵遥远且并不相爱的人——这多么有趣。

无法爱人，是因为感受不到爱。一个本来就不会爱的人，再不能被爱，那爱就是这一辈子都和她没有关系的东西了。但是从另一个角度说，正因为无法爱人，才特别想被人爱，因为这是她生命缺失的重要部分。

所以，连生有时想起同学对她说的“很多人爱过你”就会想笑。她对自己说，没有人爱我。

连生出生在一个清寒的家庭，父母都是国营工厂的工人。早年大家境遇差不多，倒没有太多感觉。连生读高中回到自己出生的城市才发现，小时候的同学、邻居大多搬了新家、换了房子，只有自己家，还在那个城市破落的旧城区。那地方灰扑扑的一副被遗落的模样。连生读高中的时候，父母就陆续下岗了。之后母亲打些零工，父亲零碎做着一些小生意，把某地的东西贩卖到某地。父亲常年在外地奔波，收入亦单薄。

连生不至于为这样的出身羞赧，也不至于多在意。若说有羞赧，也是对于家庭的羞赧。她读完书，很顺利地出嫁，过起了另外一种生活。不过她的生活是仰仗着他人，因此她并没有能力改善父母生活的景况。和温南及他的家人出入各种高级场所，生活安逸和乐，但即使举家欢笑的时候，连生也仍然觉得，自己并不属于这个家庭。她记得自己的父母，猜想他们现在在做些什么；她记得父亲那张因常年在外奔波而营养匮乏、容易浮肿的脸。

“这些光明不属于我，这些欢乐亦不属于我。”她只是觉得自己无用罢了。出卖自己人生的决定没有招致后悔和遗憾，虽然她会想起读大学的时候，身边那些殷勤的某某或者某某某，也许跟了那些人其中的一个，她倒能光明正大地提出一些要求。而对温南，她不能够。温南对她来说，提供的不只是一种安逸的生活，更重要的，是一个健康的、和乐的家庭氛围——她知道他的父母喜爱她、善待她。她喜欢这个家，这是她所向往的理想的家的样子，尽管她与这一切那么格格不入。

认识六十六完全出于一次偶然。

起因是买家具中了一次国内旅游的奖项，而温南没有时间同行。本来连生也并不想去，但温南说，你天天闷在家里，倒不如出去散心。连生就带着简单的行李出去了。一个人的旅行本来就十分落寞，加之正值盛夏，酷暑难耐，连生的三天旅行，倒有大半时间待在酒店里做 SPA 或者游泳。连生游泳很好，那是大二那年泰和教给她的。飞机回返抵达，连生上了机场大巴，耳朵塞上耳机睡上一路。窗外的傍晚阳光亦有余留热辣，晒着她，让她脸上现出淡淡红晕，映着丝丝细幼绒毛，这让她身边的人心下怦然。

快下车的时候，他问她的电话。她不知道是因为刚睡醒的昏沉，或是一时头脑空白，就留给了他。

她认识了六十六，但对他的样子完全谈不上有印象，朦胧中记得是一个有一张白皙胖大面孔的叔叔辈的人。

在街头或者火车、飞机上的搭讪，连生碰到过很多，也收过不少名片。她一般在下车就丢掉了，免得给温南看到。大概一般人看到连生，总不觉得她像已经结婚的样子。

说起来，一个已经结婚的女子和一个没有结婚的女子的区别又在哪里呢？是不是因为自己缺少那一种安定的满足的表情？连生也不知道别人的判断出自哪里。

六十六让司机跟着那辆的士，一直跟到一个小区的门口。他看着那个女孩子走了进去，才让司机调转车头离开。他的心头，只有一点酒后的微醺感受。

一个月后，六十六打电话给连生的时候，她已经完全把他忘记了。他找不到由头与她交谈或者见面，在电话这头完全有语无伦次的感觉，却不想连生先说话了："晚上一起吃饭吧。"

温南有他的工作，有他的交际圈子。一周倒有半周，他会在外面应酬吃饭。连生有时自己做点胡乱吃点，有时出去逛街买东西在外面吃。白天一个人都还无所谓，她最憎恶晚上还得一个人。暮色一点点落下，她的心也一点点结冰。她翻遍手机号码簿却没有一个可以约见的人，而六十六的电话正是这个时候响起来的。过了很久以后，连生想起当时那个电话和当时自己冲动出口的话。她反复和自己说，并不是我的错，我只是想有个人一起吃饭。

谈不上是约会吧。连生穿着一条旧连身裙加了件罩衫，虽然与周围的环境格格不入，却坦然亦骄矜地走进去——大概年轻貌美就是最大的资本，就能睥睨一切。六十六仰首待着她走进来，几乎静止的空气里飘浮着一阵似有若无的甜香。他无法对她描述，那一刻他有多么期待，而对于她，他有多么喜爱。他几乎迷信她可以挽救他的灵魂，她会用金子般的手指抚平他的每一条淡淡皱纹。

六十六是高校的法学教授，自己也做律师，在本市开了间律师行。他不是不世故，也不是没有见过好看女子。每年各种应酬、各种俱乐部也去过很多，见到的女人并不是所有都是庸脂俗粉，也有头脑与美貌俱备的，但未必能让他留意动心。这一次他却全盘溃败，无道理可言。

一来二去，连生与六十六之间建立了奇妙的联系。他们规律性地见面，有时吃饭，有时连生只是让六十六开车载自己在城际公路上开出去很远，再开回来，一路无语。连生从不对六十六谈自己的事情，甚至似乎连话也懒得对他讲。和他在一起，总是心不在焉、寡薄冷清。她对谁都小心翼翼、克己有礼，对他却漫不经心、放肆无理。有时一个电话唤他来只是让他去替她买一些小物件，从车窗外把钱塞给他，再打开门，自顾自把东西拿走。连生不告诉六十六自己是谁，也不想知道六十六是谁，因为她对这段交往，缺乏定义。许多次，六十六手心捏出汗来，想去碰一碰连生的手却也不敢造次。侧过脸看到她绷得紧紧的小脸，心里多少愿望都被打消殆尽，因为他怕轻举妄动后，连这一刻也不能拥有。

六十六并不纯情，也并不多情，为人粗鄙。对他来说，和陌生的女人睡觉也不是艰难的事情。可是，这个世界上有比和女人睡觉更重要、感觉更好的事情。认识了连生，他才能了解。他像朽木拔出绿芽，竟似新生。突然觉得心头热乎乎，突然觉得有很多愿望、有许多简单的事情想和某一个人一起去做，突然觉得有种纯粹想念——只是看一看一个人而已。

也不是没有温暖片段。有天大雪，六十六接到连生的电话。她告诉他，她在某家店吃午饭的时候把伞忘在店里了，让他去拿一下。他开车过去，拿到伞再送到她住的小区。她戴了顶特别可喜的红色帽子，上面有只很大的绒球，戴了同色的毛线手套。她穿着一套烟灰色的帽衫运动服就跑出来，两颊被冻得红彤彤，却比平日生动。他下车把伞递给她，她拿过就走。两步后，她突然回头看他一眼，回来摘下手套掸了掸他头上的落雪，转头即走了。六十六原地怔了十分钟。

连生和温南的生活安静依旧。他很少关心她在想什么。他总是看到她做饭的背影很乖巧，偶尔回头看他的表情也温馨。他觉得她像个可爱的小东西，生活里妥妥帖帖的所在。他不担心她，不觉得她会犯错，诚恳不带任何怀疑地相信她。初雪的时候，六十六和连生去城郊的会所泡过两次温泉。全黑泳衣的连生，年轻的身体没有一丝赘肉，乖觉灵巧得像一条鱼一样迅速滑入池中。六十六斗争了好久才走到池子边，虽然不在同一个池子，虽然还隔了距离，六十六依旧充满紧张感。下得水中，感觉自己像一个胖大的蘑菇，内心充满羞赧。连生的目光随心所欲地掠过他，不带躲避地偶尔好奇地注视他。他背上每每起的一层鸡皮疙瘩和前些日子拔火罐的痕迹，更增加了羞愧的感受。六十六也去健身会所办理了年卡，请了私人教练，但在跑步机上跑得大汗淋漓、气喘吁吁的时候，内心尤生一种无力感。

时间过去一年，连生对他的态度也有所缓和。有时也与他开小小的玩笑，有时和他去听他不爱听的音乐会，看到他睡着也宽容笑。两个人渐渐生成了特别的联系，好像亲人：他去外地出差，总告诉连生，她虽然只是简单回他一个“哦”；他回来这个城市，也总第一时间告诉连生，虽然她也只是回一个“哦”。这个字，却像一种特别实在的东西落在他心里，像一颗种子种下去，落地拔芽，抽茎发叶，竟然要默默地开出花儿来。这种联系，多一点，他没有奢望；少一点，也不是不可以。但是并不想失去。而对于连生来说，也未必不是如此。人能有多孤单呢？你，或者我的孤单，能够有多深沉呢？谁也无法知道。

这一年里，温南顺风顺水地升了职，工作或应酬都更忙碌，等到过午夜回家的情况一周总有两三次。连生一定会等他回到家再睡觉，但并不会打电话催他或找他，他回来了也只是说一句“你回来了”就帮他放洗澡水。这一年，连生也忙碌起来：她报名了花道班、油画班、茶艺班，日历上密密麻麻写满安排。温南在家的时候，偶尔在桌边看到散落的花材，或者没有来得及洗的油画笔，有时浮上一笑。因为学花道的缘故，连生认真地研究了不少植物图谱。为了增强记忆，每天都临摹一张。家里的沙发上、椅子上，偶或散落了不少铅笔画的植物图谱。温南某天兴起，带回来一个木质相框，把其中的一幅装裱起来挂在了墙上。第二天，连生将所有的临摹图交给了六十六。一个礼拜后，温南发现，楼梯边的墙上挂满了装裱好植物图谱的相框。拾级而上，走到楼上，发现楼上的小客厅总有一瓶开得特别好的花在桌上。连生喜欢把胖胖的花瓶插满丰盈的花朵，像是要把人心的空隙都填满似的。温南平日很少在家，但偶尔仔细留意的时候，才发现家里的每一处细节都有连生的心意在里头。温南心头也有温暖的感觉。

六十六秋天的时候生了一场病，住了一段时间医院。说起来也不是大病，不过是胆结石。因为要开刀，住了半个月医院。住院期间也并没有和连生联系，说起来，出于一种奇特的心理，总好像年长者的一种自我保护，怕示弱、怕显得无能。初出院以后，他第一时间打电话给连生，想和她一起吃饭。这时候，正是秋意渐深时。晨起的雾，风卷过梧桐的落叶，使人的心也偏于沉静、易于感伤。电话那头却是一个男人，他一惊，但也没有多问，简单说了几句就挂断了。对方问是否要连生回复电话给他，他说，不用了，我再打来。

六十六到底还是没有再打。有几次，拿起电话，拨到连生的号码，每每又仓皇地放下去。为了避免无聊的纷扰情绪，他跟了事务所几个外地的案子出去了数月。回来的时候，已近年末，街头的广告里都是回家的气氛。他无由地想起，长年在国外的他那长得和他很相似的胖大女儿和曾经也娇柔、如今也丰腴的胖大妻子。他早早地订好了机票，计划着与她们过年的事情。

连生吐得很厉害。因为自己的妈妈在身边照顾，总有点尤其娇气，吐着吐着，倒有点眼泪汪汪的意思。母亲在旁边安慰她："刚开始就这样，慢慢就好了。"连生怀孕了，为了方便照顾她，父母都到了她身边。温南在附近的小区置了一套房子，让连生的父母住，好让他们方便照顾连生。连生终于可以和父母在一起了。

"生一个孩子，或者养一只猫，都是一个道理吧。"连生有时想，"可能那样就不孤单了。"

云上的孩子

与许宁结婚后我有了一个儿子。尽管我并不能被称呼为一个母亲，尽管这个孩子与我并无丝毫血脉亲缘的关系，但是，这个生命从孕育之初就与我的人生有了太多复杂联系。

时间回到七年前，许宁是我的男朋友。那天我刚满二十一岁，读大学三年级。在蝉鸣聒噪的夏天过完了生日，也和许宁度过了我们恋爱两周年的纪念日。生活安详而甜美，我从没料想到潜伏的危机。

秋天的时候，我开始准备考研，日日泡图书馆，十分疲惫。许宁的工作也很繁忙，他当时刚做到部门主管的位置，十分尽心努力。他心中有许多愿望设想，踌躇满志。希望在而立之年有所突破和作为，这也是常情。

那一段聚少离多，两人都常在睡前的电话里不知不觉睡过去。

这时候，有个人出现在我们俩中间。许宁表现出适度的犹豫，我觉得情有可原——对方条件太优渥、心情太迫切、手法太流畅。而我们的爱情，在强大的冲击下显得不那么固若金汤。

她看中许宁我很可以理解，因为他样貌清秀，因为他气质美好，因为他善良温厚。也许她的妈妈并没有教育过她别人的东西不要去轻取，因此她从幼年时候就习惯了径自伸手去拿自己想要的东西。

她是某地产公司高层，薪资丰厚。当时许宁并没有车，租住的房子也远，每天都是她早晚接送许宁上下班。后来，他们自然住到了一起，也许是为了方便。当然，这些我是后来才知道的。

那段时间我很沮丧绝望，有不可达成的愿望在心底徘徊并折磨我——我很想去乞求她，把许宁还给我。她那么优秀，长得也好看，可供她选择的人很多，而我，却只有许宁。她是我少女时代暗恋的对象，在读大学以后又意外重逢。经过若干努力和长久沉默之后终于冲破犹豫而完满的恋情，真的不容易。

但是我怎么去说，我连见她的勇气也没有。与她相比，我那么微不足道、乏善可陈。

我甚至连分手都不愿意去面对。许宁约我见面，我日日推脱。但终于僵局还是被他打破——他堵在我下课的教室门口，在同学和老师诧异的眼光里领走我。他对我说："我要结婚了，你知道对象。我需要和她结婚，因为她怀孕了。"

从那一刻起，小庸的人生开始与我有了不可避免的交集。

许宁对我说："小若，你不管对于什么人，都是非常理想的结婚对象。这件事情是我对不起你，但是，你也要接受现实。我结婚后，我们就没有什么联系的必要了，这也是她的意思。"

我并没有掉眼泪吧。我只是突然问他："许宁，是个儿子吧？"

他愣了一下，说："是啊。"

我孩子气地说："其实我也能生。"

他只是苦笑。

好几年后，我常常还能回想起那个下午，回想起当时的阳光和温度以及空气里植物湿润的气息。那时许宁微蹙的眉头和坚定的嘴角里有想解脱的决心和意念，以及无动于衷的残酷。

我很想去对她说，把许宁还给我吧。这个男人倾注了我所有的用心。他的身材修长，是因为我总是帮他准备合理的饮食；他气质不俗，是因为我们共同的爱好是古典音乐和文学；他温良和善，是因为我是连看到路边的流浪小狗也要掉眼泪的人，每年我们都会在流浪动物救助中心做满一周的义工。他的衣服从里而外都是我帮他挑选的，他的日用品永远在用完之前我就备好，我尽力让他的生活自在妥帖。也许我还是个孩子，可是，对待他有不可避免的母亲的心。

可是，终于所有事实还是成为了事实，我并没有能力去抗争什么——他和她结婚了，小孩子顺利诞生。我的好朋友有不平的，要我至少问许宁要青春损失费。可是，我才二十二岁，还有大把青春可以损耗，也许正因如此许宁并不觉得亏欠我什么。而她已经三十二岁了，我理解她焦虑的心情。这个孩子来得恰如其分，恰到好处。

小庸很好看，长得非常像许宁。

小庸出生不久我就看到了他的照片，是许宁拿给我看的。所谓分手后不再见面的约定，他首先没有做到。人心总是有点微妙吧。他怕我纠缠他的时候那么急于逃脱，当我完全不理他的时候，他却又若有所失。

婚后的许宁与我保持了适度的联系，会面的次数不频繁，但也不稀少，很规律如生活的一个习惯。我们会一起爬山、喝水、走路、聊天，仅此而已。当把许宁放置到另一个身份里去以后，我突然解脱了。从长久的对他的迷恋的苦熬里解脱，像经历了一场病症后的免疫。虽然有种失重的空虚，却又深感轻松。我好像自青春期后，第一次在我和他的关系里看到自己，相处时也开始有了姿态上的对等。

离开了许宁，很快我还是恋爱了。我曾经以为离开他活不下去，但原来生活还是很容易继续前行。新的恋人是我的古代文学老师，一个非常出乎意料的对象。

我和我的古代文学老师，缓慢而安详地恋爱。他真正有我父亲的年纪，单身很久，有一个女儿在国外读书。大四毕业后，我寻得了一份校报编辑的工作，到底还是没有离开校园。

这里的每一条路都有很多回忆，而我太容易沉湎于回忆。

我的古代文学老师，以前教我的时候，每次课间休息都会坐到我身边来。我以为他是觉得方便，因为我每次都坐在教室的最后一排。他坐过来后，很多同学举着笔记本来问他问题，慢慢凑进来，慢慢把我挤得遥远。每每都是如此，我只是以为自己是平凡到不会被关注的那一类学生，只是遥远地看着他。其实一些眷恋已被种植，而我并不曾了解关于人心的诡秘。

某次，我们在学校走道偶遇。我低头急忙走，撞到他使得他手里的书本落地，我捡起来送还他。他向我道谢，我亦低头，并不敢多话。两人皆欠身的姿态，却似戏曲故事的一幕遭遇。

终于，他约我单独见面。长长的秋夜里，长长的行走。我为他的言语智慧而神奇。分开的时候，他把外套脱给我，自己却衣衫单薄地离开。他反复地回首与我挥手再见，一唱三叹地告别，直到彼此都在黑暗里身影模糊。我看着他的背影，眼泪不可抑制地掉下来。有些不一样的感情开始滋生，拔出嫩芽欲盛开作繁花。说起来，我对于男人的爱，总是从母性的情绪开始。

第一次的吻很仓促，给我一种非常陌生的感受，让我一瞬间被惊吓。这个吻也是一种启发，一种角色转换的印记。我始终对于和他的亲密不能适应，有胆怯的心。纵然心里的热爱萌生，但我更愿意拥有疼惜的拥抱，似乎是害怕一种冒犯。他曾在的位置太高，我对他景仰的心太久，因此我不能接受俗世的沾染。

犹豫和困顿里，日子还是往前推进，一桩桩、一件件理所当然地发生。

后来，我搬去与他住在了一起。房间的墙壁上，是我的古代文学老师和他女儿的照片。他的女儿那时候大概十几岁，好看、清新，倚靠父亲的姿态显示出亲密和信任。粉紫色蒲公英图案的被褥床单、深蓝色星夜的墙纸、柔和的鹅黄色细纱窗帘布置在她的房间，而现在，这是我的房间。

小庸的照片我放在桌上。他有许宁的宽阔额头和幅度漂亮的嘴唇，穿天蓝色线衣和褐色灯芯绒裤子，在蓝天白云下憨厚地笑。小庸的天真敦厚是自然天成的，他有他的父亲和母亲都没有的那一份柔和内容在眼睛里。我常常坐在桌前，看着他的照片，不由地微微笑，像是看着自己的儿子。有辛酸在胸腔升腾，仿佛是自己遭遇的骨肉分离。这种感觉，很微妙。

我的古代文学老师，看到小庸的照片，问我他是谁。我多么想回答他是我的儿子，然而我只能说他是亲戚家里我最喜欢的一个小孩。

我有时会想，若那一年怀孕的是我，生下小庸的是我，事情会不会有所不同。然而一切都无法假设，我甚至没有和许宁同睡过，所以这个孩子从来没有降临到我身体的幸运。我终于躺在我的古代文学老师的卧床上，深蓝色细条纹的床单类似一种牢狱。我不可抑制地颤抖和恐惧，类似完成一种圣坛的奉献和祭礼。我终于完成了这个过程，把以前的一切补偿。我睁大眼睛看着光影在天花板上的浮移，而他在我身边睡眠安详，呼吸匀净。我想象一个孩子正在我身体里孕育。时间回到那个下午，二十岁的我，可怜而可笑地对许宁讲的那一句话不断重复："我也能生。"我并不知道，我的古代文学老师当时正在对面的教室，看到了发生的这一切，看到了我的绝望、挣扎和坠落。一切事情皆有其因，有其果。

与许宁的约见，我们有时去爬山，星星点点汗水濡湿额头；有时去一个僻静的会所吃东西，边吃饭边放一些曲子听。我们皆爱听老慢的戏曲，许宁的手机中总会存上两段。他兴致高的时候会跟着哼唱起来，眼波之中也似有脉脉情意。我们有时在这个城市的古老城墙上反反复复地走。有时走上一个下午，差不多穿过半个老城区，落日衰草，触目苍凉。我惊异地发现，我们之间的默契犹在：看到某处合心景色的会心相视，同样动作间的手指相碰又迅速闪离，有时畅快淋漓地笑到眼泪流淌出来。我们习惯了对方的陪伴，有心无旁骛的单纯。当卸下了关系规定的束缚之后彼此都更真实相待，反而发现一些珍贵和纯粹在我们之间并未移变。与许宁的交往，我无法有抱歉的感觉。在世人的诸多关系里，有些是无法被命名和归置的，因为人们惯于自我束缚和缺乏想象；有些或以形式的安全掩藏虚无空洞的内在，以一劳永逸妄想对抗流年。我们共度的岁月只属于我们，我以克制与警惕捍卫这种权利和资格，并不乞求从他人那里得到宽容。

小庸却似乎从来不是我们之间的障碍。我从不回避这个孩子，谈起小庸总是我先提起。我乐于从许宁那里知道小庸成长中的点点滴滴：知道那些趣事；知道他吃什么奶粉，每天吃几次；

知道他最喜欢玩手机；知道他喜欢狗狗却害怕猫咪；知道他乖巧里又有倔强。

我与我的古代文学老师的生活一如既往，几乎一开始就进入了一个安稳层面。我每天与他道别乘车去上班，内心有沉静的秘密。梧桐的树影斑驳在车窗外一阵阵浮掠，在我的脸上投下片片阴影。我听着青春缓慢而急速地流逝。我享受着被一个人深沉爱着的前所未有的感受。以前与许宁在一起的时光，其实更多是我在付出，而这一次却完全不同到我自己都难以习惯。

他像一个孩子一样眷恋我。每天早晨看着我出门，在阳台上视线跟随我直到我的身影看不见；他若出门，也必然这样期待我。在楼下他转身抬首又抬首，寻觅我在阳台的身影。他且高且瘦，微驼的后背，华发初生的头颅，些微苍老的姿态，每每让我看得辛酸。他几乎断绝了社交，也少有朋友来往，除了偶尔的上课和会议，他只爱待在家里。这一段岁月，像是问上苍偷来的光阴，他无比珍惜。

我们像所有普通的夫妇一样安静地过日子。每天我去上班，回家做饭，一起吃饭看电视，聊天说话，然后休息。他是好性情的人，我也不算坏。这样一年半载很快过去，几乎觉得可以这样过一辈子。

很长时间里，我找不到对他合适的称呼，都只喊他先生。对他说，先生，吃饭了；先生，衣服洗了，放在衣橱的第几个抽屉；先生，天气不好，出门带伞。他对我说，叫我的名字吧。我把他的名字掂在舌尖，小心地在齿颊盘旋，轻盈地跳脱唇间："景颂，景颂。"他的应答声带着太息般的怅惋。他握起我的手，眼神里的不甘亦是因为时间。

与景颂在一起的事情，我并没有告诉许宁。他只朦胧地知道我有了新的男友，也没有过多询问。只是有天见面，许宁突然看了我良久，说："小若你有些变化。"我也觉得自己变了。我变得较为沉着，也不那么软弱，也少有说一些傻气的话，并且很懂得什么时候说话，什么时候沉默更好。我已经不是以前那个单纯得能一眼看穿的女孩子，有某些含蓄未明的内容让我开始变得像一个真正的女人。

日子一天天地过去，三年五载仿佛也很快。我看着小庸在照片里一点点长成一个大孩子，也看到自己脸上愈加柔和成熟的线条。我与景颂已相处良久，小区的保安、楼道打扫卫生的阿姨也已视我们为夫妇。我们相处的这三年里，他反复与我说起或许我们应该结婚了，只是碰到这个话题，我总沉默。有无缘故的悲恐在心间，无法言喻。

与景颂交往的事情，我没有办法对父母讲，也无法告诉好友，甚至因为与他在一起，而与他们渐渐疏远——我怕出了差错，露了破绽。我偶尔回家看望父母，回到家乡破落的小县城。父母的眼神亦殷切焦虑，总担心我的未来。我只是抱歉不能给他们交代，也绝不想违心去创造一种他们想要的生活。生活的复杂让我避免去多想，我只觉得，目前的日子很好。

我不愿意结婚的事情多少也让景颂产生了心结，他开始嗜酒。其实，我们交往之前他一直有喝酒的习惯，但是我们一起生活以后，他已经很久没有喝酒了。后来，却又故态重萌。他把酒藏在储藏柜里，或者鞋柜里，像淘气的小孩一样拙劣的手法，每每被我发现。后来有几次，回家看到他喝醉的情形。我总是默默地帮他脱了衣服，扶他到床上睡觉。有一次，用毛巾给他擦脸的时候，他突然睁开眼睛看我。

我笑道："你装睡的啊，害得我搬你，那么沉。"

他只是看我，并不说话。

我亦看着他，轻轻地抚摸他的头发与脖颈。他的头发细软纤柔，像小兽初生的绒毛。

他说："别那样看着我，好像你爱过我似的。"

每次回父母的家，我都睡在自己在阁楼上的小房间。房间墙纸已剥落，木纹亦已开裂。阁楼上本来只有天窗，后来我央求爸爸给我在床侧的墙上又凿了一个窗户。每天趴在床上，就能看到楼下的人和整个老城灰扑扑的模样。在我年纪很小的时候，我躺在床上看过鸽子停在我的小天窗上，咕咕地走动，然后又飞远。有一年，燕子来屋檐下做了巢。爸爸叫我不要惊动它们，我还是忍不住每天在窗口偷偷看。头一年它们来了；第二年，它们也来了，爸爸还特意在巢下面钉了块木板给巢加固；第三年，燕子也来了，全家都很欢喜，还有隔壁的小孩子跑来看；第四年，燕子没有来，也再没有来过。爸爸说我难过得还哭了，我自己却一点也不记得了。我唯一记得的是，有一年我从路边捡了一条还没有满月的小狗回来养，没几天，小狗就死了，我把它埋在小区后面树林的一棵树下面。但后来，我怎么也找不到那棵树了。

也许人生就是这样，我们一路向前走，一路丢失一些东西：一棵树、一个人、一座城市、一段回忆。丢失的是已经不那么让人担忧和可怕的事情，心有不甘的只是我们自己而已。

许宁和我住在同一个小区，比我高三个年级，我读初中的时候他读高中，我读高中后他读了大学。我们始终没有同学过，不过我们读的是同一所中学的初中部和高中部。许多次，我在窗前等着，一看到他离家骑车去上学，就飞快跑下楼，蹬上自行车追赶他。风凉凉地吹过，拂起头发像要飞起来。冬天的时候，冰彻的风透过围巾的缝隙直钻到心口，只听到心生机勃勃地有力跳动——它新鲜，对这世界充满期待。每次快靠近他，我总是慢下来，跟在他后面骑。两个人一前一后，穿过小巷，穿过街市，进到学校的大门，停在停车棚，再与他一前一后地走进教学楼。许宁在中学的时候并不算特别出众，总是一头乱蓬蓬的头发，高且瘦弱，架着黑色边框的大眼镜，傻乎乎的样子。我总喜欢孩子气地偷偷跟着他，每次停车的时候，并不敢抬头看他，就悄悄地观察他的手。他的手指很长，连骨节都长得漂亮。

其实我拥有的也许不过是许多女孩子都曾有的一段回忆，只不过我较为心意执拗。年纪很小的时候，所能想到的就是和自己喜欢的人生活在一起，而这对我来说，不只是想一想而已。在我人生后来的时间，我努力了，也做到了，只不过，我还是失去了。就像小时候丢失了一只气球一样，那么轻易地丢失了我整个少女时期的梦想。这种意义，别人无法体会。就像这个人的价值，在任何人看来都无法比我看得更重，因为他不仅是他，他亦是我人生无法重复的一部分。

忘年恋总是这样，隔着各自人生的回忆和将来，即便拥有，也不过是拥有残余的对方。平稳的生活中亦有细细的刺折磨我们，对于两个都不善表达的人，就演变成默默忍耐，而这忍耐无法排解。景颂选择酒来麻醉自己我亦能理解，只是觉得不堪。

我确实不太和景颂一起出门，更多时候我喜欢和他待在家里。我确实怕别人的闲言碎语，有时也会遇见一些尴尬，在街上遭遇别人冷言恶语的情形不是没有过。其实我更多是心疼他，我怕他被人欺辱，我不能忍受自己敬爱的他遭受异样的嘲讽目光。无论怎么说来，我们都不是为了什么目的而与对方在一起。我们不过是这世界上孤单的两个人，我们都不过需要有人来疼惜陪伴。我们希望有个懂得自己、自己也懂得的人，并和他平安地生活在一起。这中间，错失的时间，不是我们所想所愿。

事情的暴露亦是因为酒的缘故。有一次我出差在外地，景颂半夜打电话给我，一听声音就知道醉得厉害。我有些生气，没有与他多讲，就挂了电话。过了一会儿，心里到底不放心，又打电话给他。可是打了数次手机和家里的电话都无人应答。这种情形从未有过，我们相处三年，他没有过一次不接我的电话。我的第一反应就是他一定出事了，是喝多了身体出了状况，还是摔伤了不能动？我心里想着各种可能，慌张到手指都在颤抖。这个时候，我根本想不到其他可以帮我的人，唯一想到的可靠的人就只有许宁。我拨通他的电话，告诉他地址，让他过去。许宁反反复复地安慰我不要紧张。

放下电话，我觉得脸上冰凉。手一摸，原来满脸都是眼泪。我不知道自己什么时候哭了，也不知道当时自己在电话里与许宁说话的语气是多么慌张。这些也是后来许宁告诉我的。也许日久生情就是如此，爱与不爱又怎么深究？对于我和景颂来说，彼此都是唯一的依靠。我无法想象失去他的生活，甚至，我是那么害怕。

后来电话响起来，景颂原来的确只是醉得太厉害。他向我道歉说再不这样，在电话这头，我也听到他频频向许宁道谢。也是这一次，他们知道了彼此的存在。我在电话这头听他颠来倒去的道歉。我了解电话那头他的样子。他些微涨红的面孔、皮肤细腻的皱纹走向、柔软而纷乱的头发、汗水密布的额头、低垂的眼角、温驯受伤的表情，就仿佛在我的面前，手指伸出就能够触及。像迷雾中猫咪的脚爪轻踩在心间，有柔软与疼。我对他说对不起，喃喃地说对不起。

我对他说："等我回家，等我回来，我们结婚吧。"

他在电话那头并没有发出声音，但我听得到他的表情。我只但愿他始终能有此刻欢悦，在我们未来的人生。

回去后，景颂去车站接我回家。他看我的表情像看一尊圣母像，带有不可思议的蒙恩之喜与迷恋崇拜。回家后，他拿出日历，拿笔圈出理想的日期，与我讨论挑选领证的日子。我说："你定就好，你做的事不会错。"他笑说："如果按我的意思，明天就去。"

"那好，明天就去。"我笑道。

他突然地发出爽朗的笑声。认识这许久，那是我记忆里，他最为畅快淋漓的一次笑声。那笑声最无所负担、最洒脱、最动听。

景颂到底还是挑了一个他认为最理想的日子，两周后的一个日子。他笑曰给我一点时间，在婚前和爱慕者告别。我说："我这么普通，哪里有什么爱慕者？"

他说："我也认识过很多人，却谈不上有什么感情，所以走过这许多年孤单。你不知道你有多好看，才这么让我动心。"

我对着镜子，发现这几年岁月似乎没有在我脸上留下什么痕迹。我恍惚依然是读书时候的样子：一样黄腻的皮肤，一样浑圆的嘴唇，一样光洁的额头，一样内双眼皮细腻的褶纹。我从来没有美貌过，他只是太偏爱。

很快，约见我的却是许宁。我以为只是一样平常的照面，这一次，却有些不一样。他约我在这个城市嬉皮少年们最流行的游乐场门口见，出现在我面前的时候却不是一个人，而是成了双——牵在他手里的小人正是小庸。这是我第一次见到小庸，可是大概因为见过他太多照片，我一点不觉得陌生，蹲到他面前就开始笑嘻嘻逗他。小庸也并不怕生，只刚开始，用试探疑惑的表情看我，憨直好奇的目光可喜。四岁的小庸长得比一般小孩子更高、更结实一些。我带他坐摇摇车，与卡通熊猫人偶合影，去咔咔亭拍了无数表情怪异的照片。他本来拉着爸爸的手，后来，小手不自觉地搭上我的手，真正温馨。吃饭的时候，小庸并不想吃东西，就把他送到儿童游乐区让他和小朋友一起玩，我和许宁在一旁看着他。许宁看看我脸上满足陶醉的笑容，问："你喜欢小孩吗？"

"喜欢。"

"你有没有想过你以后要有自己的小孩？"

"以后的事情以后再说吧。"

"你选这条路不现实。"

"那你说我的现实在哪里？"我无惧地看着他问，"找一个年纪相当条件相当的男人搭配得当嫁了么？然后给他生小孩？照顾他的老人？我不甘心的。”

“时间久了就会有感情的，你对他不是一样？”许宁突然语气酸涩。

我看了许宁一眼，没有再讲话。拍拍手唤了小庸，抱了他出来，在食肆点了一客饭，抱了小庸在膝上，一勺勺喂他吃。

喂着喂着，眼泪就不知不觉滚落下来。小庸伸出小小的手指摸我的眼泪，我的眼泪却落得更厉害了。

什么是我的现实？这一切本来应该是我的现实：我怀抱里的本来应该是我的孩子，我面前的本来应该是我的丈夫。这是我十几岁的时候就想过的现实。我的现实，不是别人，而是你剥夺的，所以你又有什么权利指摘我？

三年的时间，已经让我的生活与另一个人难以分离。我那么容易爱人，不过是因为想要被人爱而已。与贫穷、衰老、道德的负罪感种种相比，我最怕的不是不能生活下去，而是没有人再爱我。

许宁无法知道，当年的那个午后，我看着他离开时的背影的绝望。我知道这个人会这样走到我的生命之外去，我曾想象的生命中一切神圣和美好的事情都将与他无关。那是一种离死亡并不遥远的情绪。

我到底没有能与我的古代文学老师结婚。是的，临到那个日期的前一天，我退缩了。我没法再讲抱歉。我搬离了那个生活了三年的家，离开了那个城市。

在另外一个城市，我找到一个工作，虽然很辛苦，报酬亦一般，但是每天生活在身体的劳累中，倒让人想得比较少。每天下班累得倒头睡，第二天醒来亦立刻开始忙碌。休息日，我很少逛街看电影，倒总是去公园，穿有大口袋的外套，口袋里放满饼干和火腿肠，喂喂流浪猫。坐在湖边的长椅上一坐就是一个下午。有时睡着了，醒来已经暮色四合，昏鸦低飞。这里谁也不认识我，我也不想认识谁。

三年后我重新回去了。先回的是学校，因为要转一些档案。在等候巴士的站点，我见到了我的古代文学老师，只不过我在车上，而他在等另一路车。在远远看到他的时候，我拉上车窗的蓝色窗帘掩住自己。车停靠站点，我靠近的车窗恰好停在他的面前。我和他离得那么近，不超过两米的距离。我在窗帘的缝隙里看着他的脸，他面容依旧，沉静的表情，微微下垂的嘴角。某一瞬间，我很想拉开窗帘，让他看到我，也让我好好地再看看他。车缓缓开动了，他渐远渐小，我亦是一脸泪水。

“当你与一个喜欢小猫小狗、性情温存到乏味的年轻女孩交往过很长一段时间后，你会觉得一个喜欢乌鸦和毛驴、穿着烟灰工字背心抽烟的年长女人很性感。但那只是短暂的感觉，生活在一起完全是另外一件事情。只是，我花了七年的时间才弄清楚这件事。”

这是我在后来遇见许宁后，他对我的告白。当时，他已经单身，独自带着小庸生活。他想与我结婚。我们很快结婚了，我搬去与许宁和小庸生活在了一起。

我很快适应了一个七岁孩子母亲的角色，而且相当熟练。照顾小孩子没有什么诀窍，唯有勤奋二字而已。他五点上完辅导课回到家，要保证热腾腾的饭菜已经放在餐桌上；他最喜欢的几个菜要放在他面前，督促他多吃一点，并及时在饭后补充水果；饭后休息一会儿陪他写作业、帮他默写、看他描红、检查算术题有没有做正确；做完作业，电视调到动画频道，只允许他看半小时；看完电视，给他洗小脸小脚丫，哄他上床去睡觉，给他说一个睡前故事——孩子们不喜欢拖得太长的故事，他们喜欢简短的、有趣的或者哀伤的东西；偶尔他会起来两次，跑来卧房和我讲第二天课本的事情；要帮他收拾好放在书包，然后他才会睡着；半夜起来看一下他有没有蹬被子——柔和的夜灯光线下，小小的他蜷缩在那里，让人疼惜；早晨七点拉开他房间的窗帘，喊他起床，挤好牙膏，放好热水，给他刷牙、洗脸；热牛奶、煎鸡蛋、烤面包是他的早饭，在旁边继续关注他究竟吃下去多少；然后牵着他的手带他出门，乘巴士送到学校，看着他小小的身影走进校门直到不见；傍晚下班等车回家的时候，想着晚饭做什么菜给他吃。有时我会突然愣愣地看着对面巴士站的灯箱广告发呆，心里想，广告上的小孩子长得真像他。

小庸很快和我变得亲昵。七岁的小童在车上还喜欢绕在我的脖间、膝畔，有时靠在我胸前、躺在我腿上沉沉地睡。我给他盖好衣服，不自觉地轻轻捏着他的手指，托紧他的肩膀。在前面开车的许宁每每转头看我们，脸上洋溢着满足的笑容。

我有时会想起，许宁向我求婚的那天，也是一个午后。他把我约去了我曾经的大学，我们在学校里慢慢散步。他停在操场附近的一棵树旁，与我说起了过去的事情。

“你还记得么，你大二的时候，你们院运动会，当时各个班级要布置自己的分管区域，你就让我给你们班去帮忙了。”

“嗯，我记得，我们班主任给我们找来几个很大的气球做宣传用。”

“是啊，很大。我记得你们好几个人轮流吹才吹起来，当时谁都没有想到用气泵充气。”

“气球上写的好像是‘友谊第一’吧。”

“不对，不是‘友谊第一’。”

“那是什么？”

“是‘东方不败’。”

“你乱讲。”我笑道。他回头看我，亦轻松地笑了，眼角浮起细微的纹理。

“你说那个气球有多大？”他边说边指着树梢比画着，“大概到那里吧。”

“不是，还要再大一点。”我亦往高处比画给他看。

此时夜幕渐降，嫣红的夕阳光线柔和，天边几缕云彩飘游，几只不知名的黑鸟忽高忽低地飞翔。

他突然吻我的唇，瞬间即逃返。

我愕然。

他倒有点不好意思地笑了。

我们都不再年轻了。我已无艳光可言，少女时期的平淡容貌初现沧桑，人生唯一光彩的时期早已过去，他亦被生活磨砺了性情容颜。只这一瞬间，时光飞转，似又回去我们曾有的时光。我们终于又找到了彼此，怎么都不算太晚。

与许宁结婚后我有了一个儿子。尽管我并不能被称呼为一个母亲，尽管这个孩子与我并无丝毫血脉亲缘的关系，但是，我至爱他，并无任何虚假伪托的心。不管以后我会不会有自己亲生的孩子，我都会以一个真正母亲的诚恳无私的心待他、爱护他。对于我来说，人生的大部分内容由爱组成，我只是，那么容易爱人。

猫　戏

在候车室我倒是第一次听到邱岛讲方言。我看着他和两个中年男人走进大厅。他依旧背着那只背包，拖着行李箱。他西服的一边肩部被沉重的背包拉扯得有些歪斜，我不自觉地有上前帮他整理的愿望，一如那天，相隔两年后的见面，在酒店门口等到他的时候，我做的第一个动作。

他一边大步走进来，一边与身边的人说话，说的是我熟悉的方言，大约在说机场班车的时间。这是我第一次听他说方言，有一种陌生的熟悉。熟悉是因为这也是属于我的方言——从地域上来说，我和邱岛的家乡是属于同一个城市相邻的两个小镇。那些字句中的抑扬曲折，我如此了解，如同我了解我的父辈和我自己如何说话。

然而，我和邱岛之间，从没有用方言交谈过。我们认识交往十八年，相互之间始终使用普通话交谈——从他第一次到我家，喊我的那声“小朋友”开始。

我距离被称作“小朋友”的年纪已经很遥远了，邱岛也同样从青年走到了中年。每每我在他身后走着的时候看见的他半参着白发的头颅说明着一切。

这许多年后，第一次听他说方言，倒让我突然审视起我们之间的关系。我们俩的联系，既不处于完全的现实，也并非处于一种想象；我们俩的联系，在现实和想象的边界，以一种奇特的方式存在，一如我们明明是同乡却长久地用普通话交流的这种方式。选择普通话并非出于对于这种语言的爱戴。从语言的源流来说，广东话是正宗古汉音，北方人大舌头的儿化音反而是普通话却似“以夷变夏”。我们之间，既真实也存在某种戏演。基于这样一种情境，一种标准化的、有距离感的、适于阐述和抒情的得当语言更加适合。

他在买票的间隙，目光有意无意扫过一旁的等待区，仿佛在寻找什么。我微微颔首，目光落在脚尖。我不确定他是否看到了我——不，我确定他一定看到了我。因为他用较为轻快的方言，劝送行的两人先行离开，而那两人殷切地说："很短时间就开车了，我们送送你。"

是啊，唯一的一班机场班车，还有二十分钟就开车了。我心内猜测，是在这二十分钟以内再一次见到邱岛，还是另一个两年以后？

邱岛没有太过坚持，把行李放给了同伴，去往洗手间。过了片刻，我也跟随过去，在洗手间的外面等候。五分钟左右，他出来看到我，很惊讶地说："你怎么在这儿？"他眉毛和嘴巴的弧度，完好地配合着语言的惊讶程度，然而依然是一眼可以洞穿的虚假。我勇敢地看着他的眼睛，告诉他："你刚才在大厅就知道我在了。"然而我理解，他的故作惊讶是为了脱离某种责任，比如"这可不是我要你来的"这样的责任。

人与人的想法究竟会相距多远呢？理解真是无谓的一种事情。我宽容地配合他的惊讶，说："我刚好在附近吃饭，顺便来送你一下。"我原先的想法，已经在心里预演过好多遍：我会抱一抱他，和他说"我就想来看你一下的，你有朋友在，不方便，那我就先走了"。然后轻轻离开，不带走一片云彩。然而，这一切想象被邱岛装腔作势的故作惊讶打乱，我的浪漫情愫被打击得毫无影踪。我恢复了平日对他的克制，只能说出预演台词的后一句："你有朋友在，不方便，我先走了。"不，我在这句话前面还说了一句极煞风景的话："你先洗手。"

然后我真的走了。我跟随在邱岛身后，隔着大概五六步远的距离，与他一同走向大厅，仿佛偶尔同行的两个陌生人，目不斜视，表情宁静。他的朋友们迎向他，他们继续交谈。我从他们身旁走过，走向出口，走进微雨的冬夜里。

我站在一棵树下。这棵树美好高大，在这个冬夜比任何一种植物都更亲切——它恰好地遮蔽了微雨，遮蔽了我的身影。我在树下，远远地看着透明落地玻璃窗后面大厅内的邱岛。得益于我的好视力，他的轮廓我看得如此清晰，甚至能洞察他说话时的表情。每当他的目光投向我的方向的时候，我就到亲爱的大树后面躲一躲。我没法提前离开，因为邱岛将乘坐的机场巴士还有十分钟离开。在他离开之前，送他这件事情都没算做完。

一会儿，手机响了，是他发的消息："再见啦！下雨，当心不要受凉。"这样的话，还不足以让我感动落泪。在我们的十八年里，这样的语言多少也会出现。大学时代睡前在宿舍的床铺上和他来往着发消息，最末的"晚安哦，好好睡觉"；我们去往便利店，买完东西，我拎着购物袋，他接过去，说"会勒手的吧，我来拿"。这些在普通恋人之间平常存在的对话，在我们之间，以一种珍贵的方式存在。因为他给我的温存，十分罕有。

我也和邱岛认真讨论过我们的关系。起初他这样回答我："我们是好朋友的关系，所以每次有机会见一见面，了解一下对方的生活。就像那天我回老家遇到'路人甲'，'路人甲'也约我吃饭喝茶，当然'路人甲'后来忘记了。""路人甲"是我和邱岛早年共同认识的一个人。换作任何一个女性听到这里都要气愤离开吧，然而我不会。我对邱岛的耐心，并不比一个母亲对待孩子的少。

我问他："那我们这么多年，这么多次见面，你每次回来除了工作的大多时间都和我在一起，如果是'路人甲'，你会一而再再而三与她见面么？你不会对她说'不'么？为什么你从来没有对我说'不'？你并不反对，或者抗拒我们的见面。这里面，有没有那么一点是因为对象是我呢？"

他想了想，认真且清晰地回答我："有。"表情里有难得的松懈。

这些，这些就够了呀。不用说"晚安"不用说"当心着凉"，只要清楚地给我一个"有"，就够了。

七点四十分，巴士准时离开了。我到路的另一边召了的士。路的另一边并没有树，雨淋到我的眉毛，淋到我的睫毛，淋进我的眼睛。我没有化妆，不必担心眼线或者睫毛膏花了。我的睫毛只在见邱岛前用睫毛夹夹了一下，它被雨水淋湿后的弧度，应当同我的心一样，渐渐低垂，从向着梦，到归于凡俗了。

上了的士，我一直没有说话。司机抽着烟，我连反对的欲望也没有。雨在窗外越落越大，年轻的司机突然对我说："雨越来越大了，就不要下车了吧，一直坐下去。"我问他："那你会给我打折么？"他说："乘坐越久越贵啊。"我说："那就算了吧。"又是一段沉默。他继而问我："你长得真好看啊，经常有人夸你么？"我接着沉默。过了会，他将车停靠路边说到达了，让我下车。雨很大，我看不清路，下了车才发现，他提前了一个路口丢下了我。男人这种动物呀，自尊既脆弱，报复又鲜明。

“这么多年，我有让你讨厌的时候么？”这依旧是我与邱岛的对话。

他想了想，回答说：“有时候讨厌。”

“比如呢？”我如此循循善诱。

“比如有一次我腿很疼，你非让我看一个什么文章，我就没怎么搭理你。”邱岛的腿早年做过手术，留下了后遗症，偶尔会疼痛。

我笑道：“但当时我并不知道啊。你若对我说腿疼，我只会问你腿的事情，绝不会去谈文章的事情。”

“就是怪讨厌的。”他讲这话坚持得有孩子气。男人果然只会变老，却不会长大。

“那这么多年，我也就只让你讨厌过这么一两次吧？”

他不确定地点头。

其实，还有件大事情，他大概忘记了，也幸亏他没有想起，否则会被他念叨很久吧。但是，以我对他的了解，他绝非是没有想起，只是不愿意讲罢了——但凡暴露缺陷的事情，不长大的男人是不愿意说的。

那是某一年晚上在西湖边，邱岛非要租自行车载我逛西湖。我说不同意，说时间较晚，如果载着我，骑行且慢且累，而且不会来得及还车。他非坚持，我也只能坐在车后座上，听由他罢了。六月夜晚的西湖闷热潮湿，我的手环着邱岛的腹部，厚实的、有弧度的腹部。他蹬着车，不多久，白衬衫就湿透了。我要下车走，他不同意。骑行到十点半，我终于跳下车来，自行乘的士回了自己住的酒店。十一点半他打我电话："我已经把车还掉了，回到酒店了。你怎么能丢下我不管呢？我有心肌梗死的，万一在湖边发病怎么办？"他语气中的埋怨像被母亲丢弃在路边的小孩。他后来并不愿意说起这件事，这件事情或许也是一个明证，证明了这许多年，不仅仅是我依赖着他，他也依赖着我，尽管只是偶尔。他会有身体的衰弱，他会有心理的依赖，尽管这一切他并不愿意承认。

那晚之后，清晨，鸟儿刚刚开始歌唱，我就乘车去了他在山上订的酒店。那酒店拥翠傍湖，古寂清幽。我换了睡衣，钻进没有起床的他的被子里，钻到他怀里，头靠在他胸前。他腹部周边有被脂肪撑开的花色皮肤纹路，我用手指在纹路上走过。他翻过身来，把我平放在床上。

"多好的身体啊。"他把硕大的头靠在我的脖颈，像一个孩子对待母亲一样，深深地呼吸，陶醉地沉溺。我的手指轻轻抚摸他间了细碎白发的头颅，抚摸他温热的脸和腮边的胡茬。他安静而享受，眼眸的颜色尤其地显现出比平日更浅的棕黄色，像一只猫。他吻上我的唇，有些僵硬，然而嘴唇柔软。他的舌头探索进来，并没有攻击性。那个吻极其纯善，如同他口腔里极干净的味道，没有一些年龄的沉积，几乎可以让人相信，他的身体和我一样年轻，一样正处于最好的新陈代谢，因此没有任何腐败的气息。

这十八年，我们有限的见面里，数次像这样，躺在同一张床上，只是拥抱和接吻，再也没有更进一步的身体接触。仅有过一次，他的手伸向我的底裤。我拦截他的手，突然问他："你爱我么？”这是多么庸俗而女性却又多么没法抗拒需要得到确认的问题。他含糊地说：“喜欢啊。”

“一直喜欢么？”

“我以前没有想过这些，你太小了。”

“现在呢？”

“现在你长大了。”

我重重地叹气，他也没有再坚持下去。我们复又各自躺在床上。他解嘲似的笑着与我说：“其实做爱也没有什么意思，做很久活塞运动就为了那一刻的快乐，都是虚无的。”

于是，我们始终没有过真正的结合。我也很多次幻想过与他真正的结合。从某种意义上说，其实只有他才能唤起我关于男性和女性身体的感应这一概念。从本质上来说，我是缺乏欲念的人。但是，与他在一起的时候，我感受过无数次与欲望相似的感受。我幻想过与他的结合，幻想着他如何赞美我的身体，并且肯定做爱其实是一样灵肉相合之事，而非他所说的活塞运动而已。而这一切，仅存于幻想。无论多么意乱神迷之时，总有神奇的东西，使我伸出阻挠之手。我知道他并非出于爱我而需要我，他需要我，如同任何一个成年男子需要一个成年女子的身体而已。也许我在惧怕这种结合会让我成为与他有世俗关系的若干女性中的一个，因此而彻底告别我们的联系中的某种神性。

而这种缺乏身体结合的关系，又成了他解释我们的冷漠关系的一个好借口。他可以解释我们为好朋友的关系，即使我们在这星球某一角落拥抱接吻，即使我们在同一张床上睡眠。他对待我的方式，既世故亦冷酷，只有当被我迫出一个“是”来才能略见到一点真心。

起床后我们各租了一辆自行车，在西湖边骑行，尽管在出发前我们还有过龃龉。出门前换衣服，我让他帮我拉裙子后背的拉链。拉链略有些卡，他抱怨着说："女人总喜欢贪便宜买些质量不好的衣服。"那时候网购刚开始流行，那条裙子也确实是我网购的失败品。他的话语里，我们俩之间倒有了烟火味道。我把头发绑成了两条辫子，健康结实的双腿用力地蹬着脚踏板，嗖嗖地飞快骑着车。他时不时就被我扔下了一段路，继而抱怨着我。有时我停下来为他拍照，夏天烈日下他眼睛睁不开，照片里总似盲人，他于是又抱怨我拍得不好。这抱怨和这快活的气息矛盾相随，直至夜晚。我们在西湖边吃饭，手机里放着我们都钟爱的Gleen Gould弹的巴赫法国组曲。这白日里热闹的湖边到了夜晚渐渐安静，心在这一刻沉静得很。夏夜的风从我的裙边腿间溜过，面前所有的一切都是真实的：所爱的人、美好的食物、青春的身体。这一切却又美得像梦。

情不知所起，一往而深。很长的时间里，我也认为我对邱岛是"情之所钟，正在吾辈"。然而，世俗的智慧早教会我保护自己，即在有限的程度里，把他放于至爱的位置。这样的把他安放于心灵的方式，使我可以容忍他待我的自私或者粗疏。尽管他年长我许多，但我经常觉得，自己未尝不以一个母亲爱着孩子的方式在爱他。陪伴、安抚、谅解，随时出现在任何他所在之地，永不抱怨、无所不能。

我无数次出现在机场、火车站、长途车站。在他到来或者离去的时候，一定有我注视的目光，像父母送别孩子的牵恋。这构成了我们相处的很重要的部分，因为我们交往的这十八年，所共有的时光就是短暂的相聚和分离。即使只有这些，我想，我们比那些曾经相爱后又分离、死生不再相见的人们幸福。人生之漫长使人们不惧怕分离，不怕离开旧人，总期待新鲜物事；而人生之有涯也注定了时间像沙漏一般流淌，再不见，一生便过去。在通信和交通如此通达的现时，人们会即刻去见所爱之人么？我们总以为他会永远活在手机、电脑、航空路线的那一头，随时都可以见到，其实却是永远不见。

这一年的夏天，我患了背疾。留下来一点后遗症，倒是风雅的毛病：偶尔的、不强烈的神经痛，适时地来找寻我，似乎要将病态加以愁态，化为女性的另一种风姿。近来我们两年未见，中间我并没有联系他，他也只是每到西湖边会发消息给我。某日天气阴冷，我背疾又犯，在家休息。他突然发消息给我："周末回来。"

我在酒店大堂等他，每一辆的士的到来都让我心头紧张。我的脊背笔挺，站姿端庄。我将手套摘下，双手轻轻相握——手中有物让我内心稍有依托。我的左侧有一个展台，展台后面端坐着一个秀美的姑娘，穿了件单薄的黑色丝绒裙子，搭着宽大粉色披肩。她不时抬头对前来问询的人报以微笑，将一些资料加以记录。等待的空隙里，我有时看看她，她有时看看我。等待时间之久，高跟鞋使我的小腿酸胀，长久的无望的凝望使我颇为尴尬。我开始将目光无目的地抛洒他处，周遭的一切愈来愈空洞。大堂里飘荡的音乐，是拉威尔的《波丽露》。那姑娘的脸，像雨夜飘离树枝的广玉兰花瓣。每次新到来的的士车灯投射到门口的亮光会唤起我一阵警觉。我像某种林中的动物，竖起耳朵，专注地等待。我幻想自己是一只独角兽，内心纯洁且姿容优美。

他终于来了。我迎上去，他的目光很快找到我，表情并没有什么变化。沉重的背包拉扯得他西服一边的肩部歪斜了，我走到他身边，托起他的背包，帮他扶正了衣服。打开房间门的时候，他的手不明显地犹豫了几秒钟，于是房门敞开着。我们说了一段可以展览的冠冕对话，然后去吃饭。饭后我们在这个城市入夜逐渐安静的街道散步。我的手搭在他的臂弯，他胳膊的姿势有些僵硬，明显对于这样亲昵的接触并不习惯，但并未脱离。我们不知不觉走进了一所大学，一只流浪猫不知何时跟上了我，一直在我的脚边徘徊。虽则是野猫，但模样漂亮，看着皮毛干净，被喂养或者自养得很健康，小肚子甚至有些鼓鼓的。它看着不大，还有小猫的淘气，反复在我脚前扑戏，用头蹭着我小腿，十分惬意的样子。空气很湿润，微微有些雨，雾气氤氲，路灯昏黄，周围几乎没有什么人往来。一切不真实之中，这只小猫尤其生动。

邱岛突然就有了很大的兴趣。他呼唤着小猫，拿出手机想给它照相。小猫贪玩，不断地扑向邱岛，蹭着他的裤脚，一刻也不愿意停歇。邱岛始终拍不到清晰的照片，有些懊恼，便拧着小猫的脖子试图固定它给它照相，但始终不能成功，只能作罢。我们穿过了大半个校园，邱岛一如既往与我说一些他少年时的往事，比如中学因为差几毛钱交不起餐费的经历。他少年贫穷，重看金钱，生活克己，与人淡漠，一点热心倒留在了动物身上。他喜爱猫我是知道的，身边断续养过好几只，多走散了。猫不黏人，猫心不贴，猫与人虽共同生活，却各心自由。这是邱岛喜欢的状态。十多分钟里，小猫始终跟着我们。邱岛笑道，它一定是我原先养的那只猫的转世。我知道他讲的是他养的最后一只、名唤“小老头”的猫，因为那只猫与他感情最为深厚。他找来一根树枝，与它斗戏。小猫的反抗性不强，对他的斗戏本无反应，他却始终把树枝戳到它面前，引起它的爪子条件反射式地反抓，一人一猫就如此互相争斗。邱岛不时大笑，对猫道：“看看我们谁更敏捷。”小猫并不懂他的话语，只是不甚热情地扑抓他在它面前反复挑动的树枝。邱岛孜孜不倦，与小猫嬉戏了很久。

我突然觉着有一些索然无趣。从等待他时的不安，到见他时的自然亲近，再到与他雨夜散步聚起的一点温馨，突然在这猫戏中渐渐散去，淡薄到没有踪影。看着猫与他，再看着他与我，我忽然觉得他对我，大概并不比对一只猫多一些兴趣：我在，我们相处依伴，他与我说话交谈、行路吃饭，他与我拥抱温存，莫不如同这人生之中的猫戏；我走，也不过如一只熟悉的猫离开，没有声息，不影响他生活的格局。

这许多年，我以为的一往情深，我渐渐培养起来的他与我最合适的相处方式，不过是把我变成了他生命中一个温柔的小玩意儿似的存在。我生活在假象之中，却偏行己路。

道别了小猫，我们继而走路，直至深夜。我道该回家了，他喊了的士送我回家。我照例地下车，看着他乘上的士离开才回去。第二天中午，他的公司事务忙完，我们再次在酒店见面。他迎我进房间，关上房门，为我泡上茶水。我坐在办公桌上，他坐在面前的椅子上。有一分钟，我感到他的目光以一种少有的热度投向我。我本该迎上去的，却垂下了眉眼，目光落在地毯上。静默了一会，他无由地说起了他的一个同学最近去世了，然后一如既往地感叹自己的衰老。他的语言，在我的耳中越来越稀薄。我一直在回应他，以点头或者“嗯”的方式，但我不确定我是否在听。眼泪就这样突然到来了，然后就一发不可收拾。我勾着他的脖子，贴着他的脸庞，靠在他宽厚的脖颈边，哭得不能自抑。他抚摸着我的背，抚着我的隐疾所在。我的背适合地开始疼痛，明确的、清晰的、优美的，以一种能忍受的程度增加我身体的痛楚。

“怎么突然这么激动？我不是还活得好好的么，你家中的环境渐渐安定了，你也应该不用替家中担心了。你哭什么呢？”

他当然了解我。我们生长之处接近，彼此知晓根底。我们都是靠自己而生存的人，都知晓对方担忧之事。我少年贫穷，几近失学，父亲为我生计，欲让我读师范早日独立。是邱岛去我家中，反复力劝，使我有机会读高中、升大学，后来人生轨迹与当时身边的女孩子们大有不同。他的无心之举，于我是滴水之恩，亦成难以割舍的依赖牵恋。

哭到累乏，渐渐静息。他牵起我的手，摩挲着，看看我的掌心与手背，说：“还好身体很好，你看小月亮很清晰呢。”我跪在地上，伏在他的大腿上，也渐渐安宁下来。

傍晚送他去火车站，踏上去往我们家乡的火车。他想回乡探望故旧。在站前广场，我们像真正的恋人一样，我搭着他的胳膊，我们缓缓散步闲聊。突有妇人上前，意欲看相。妇人说他是靠脑力吃饭，较为操劳但十分多金；说我十分聪明，女子能为男子之事。他笑道：“你算算我明年能否当主席？”妇人道：“这个不能算。”他问：“怎么不能算？”妇人认真回答：“主席那是当不了，明年三月能升官。你太太能给你生儿子。”我埋头在他肩上，几乎要笑出泪来。我对妇人笑道：“我们已经生了女儿。”妇人讪讪，不再跟随。他主动牵起我的手，走向候车楼。这种情况，在我们之间少之又少，大抵离别在前，他心生柔软。

他回乡后，第二日我也启程回乡。小城市航班有限，且晚上的机场巴士仅此一班，我于是在机场巴士候车室等他，应必能见到他。他晚上与故旧吃饭，饭后来到机场巴士候车室。他进入大厅，目光就已看到我。我想他并不惊讶，因为我们的人生中，这样的情况已出现多次。他装作惊讶，是怕他期待我来这种情绪的暴露，怕如果我不来的失望暴露，但也绝不愿意明白承认他需要我的到来。

他以前养过一只猫，名叫“小老头”，黄色花纹，瘦小机灵。“小老头”个性自由，经常离家数日再回来。邱岛当时工作繁忙，经常出差在外，“小老头”需要自管温饱，也是无奈。然而邱岛每次回家，“小老头”似乎神灵感应一般，第二天必然回家。如此几年，他与“小老头”相伴生活。

有一天深夜，邱岛打我电话。这种情况少有，我接到电话也不安，问他何事。他说，这已经是他回来第二天，过了零点就是第三天了，“小老头”很反常，还没有回来。我安慰他：“也许明天白天就回来了。”邱岛“嗯”了一声，挂断了电话。“小老头”第三天没有回来，第四天也没有，后来都没有回来。邱岛自此再也没有养过猫。

今日的邱岛，在候车室大厅意味深长的瞥望，是希望我的去往，恰如当日深夜等“小老头”归来。不同之处在于，他与“小老头”互相拥有，他可以明确要求和期待“小老头”的归来，而我们各自独立，虽然以往他离开时，我每次都会出现送他，就像他回家后“小老头”就会出现。如果有一天我不在那里了，我们在这孤单的人世稀薄的联系也许就烟消云散了。

尽管是猫戏，但我亦情愿。我们在各自的人生所扮演的角色，已然固定。我们的女儿终究不能落生，我们的见面始终只能隐忍。雾中溪，涓涓流，鹿鸣呦呦，像是我独自的讴歌，为我或将到来的嘉宾。

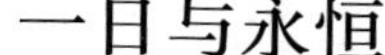
一日与永恒

父亲一直讲的调离，在这个春天终于变成了现实。

五月份的时候，调令已经下来，父母开始忙着打包搬家和安排我转学的事宜。与其他看起来更迫切的事情相比，我脑子里最关心的是，小松怎么办？

小松是我们养的一只狗。

回想起那一天发生的很多事情，它在我的一生中间的影响，我得用很长的岁月才能理解。而那一天，我所有的关心，只在一只狗身上。后来我长成了一个少女、一个成熟的女性，我看起来拥有所有，又始终若有所失。当然，不只是因为我最终失去了小松。

多年以后，再一次，我丢失了莫可。

我做的努力包括：去附近派出所看着对方漫不经心的表情语无伦次地一遍又一遍陈述我的丢狗经历；打电话给住在附近的朋友请他们向小区的保安、保洁多多打听有无看到莫可模样的小狗；我每日勤勉地在小区的论坛、本市著名的宠物论坛更新分分钟被广告淹没的寻狗启事；一遍遍在周围的小区围墙、电线杆、公告栏贴上被反复撕去的寻狗招贴；我在朋友圈发莫可的照片，并央求电视台和做媒体的朋友帮忙转发；我查看各种论坛、各种信息，常常一看就是一天。

我努力回想事情发生的那一天。我前一天晚上赶论文，那天下午在休息。那天下雨，莫可在门口拨弄着门，一时叫几声。它大概想出去玩。我很疲劳，又怕它玩得湿漉漉地回家，加之那几天与它有些冷战，以为它在发脾气，就没有回应它。我听它叫了几声，后来又不叫了。等我醒来的时候，发现它不在窝里。我以为它晚上会回来，可是没有，第二天也没有。

我反复想如果那一天我起床了，陪它去雨中散步了，会不会不一样？后悔、自责、无用的假设一次次击倒我。我每天最多只能睡四小时，任何一声狗叫都能唤醒我。走在路上看到身形略微相似的狗，我都忍不住跟在后面喊莫可的名字。我怕回家，怕看到空荡荡的狗窝。我还是早晨起来给它添满食盆、加好水，我总想着明天打开门就能看到它。我还是在早晨和傍晚陪它散步的时间，继续走在同样的路线，盼望着它突然就跟上了我。我随身带着狗粮，有时喂喂别的小狗。直到两个月后的一天，夜里睡不着，我出来散步，再次走过我们常走的那段路。小区的外墙上，我看到我贴的寻找莫可的招贴已被撕去了大半，彩图上只剩下半张莫可的脸。夜空中散落了几颗星，暗黑的幕布上还有飞机闪烁的夜航灯，不远处湖边的人们放飞孔明灯。月是寒冷的薄薄的月牙，星空之下，这个世界依然在安静运转。可是对我来说，世间万物都不如它可爱，宇宙也大不过它。我蹲下，哭了很久很久。

我终于接受了莫可离开的事实。

那段时间，罗照例会带我去酒吧，和新朋旧友小聚，而且频次更密集一些。我懂他怕我难过孤单。其时他也未必没有陷入如此境地。他和他的妻子在人前一向以最佳夫妇的面貌出现，但他的妻子半年前突然果断地从家中搬出，并给他递交离婚协议，然后几乎毫无回旋余地在两周之内同他分手了。回想一切的征兆，他居然只能说出来，那段时间妻子分外爱看一个日剧《倒数第二次恋爱》，看到泪流满面，频频在朋友圈里刷剧照和台词。中年的女性会从电视剧集中积聚能量，重写生活么？在大学教授剧本写作的罗居然说不出更多。他一贯地少言到显得沉闷，笑容温吞到显得无聊。

罗总以提携后辈的心意乐意带我多参与此类活动，将我引入他认为该融入的本市的专业圈层。这天罗带来了一个主修电影的老师，据说还拍过电影。他身量颇长，四肢匀称，长得不坏，经常无意透露的神经质一般的紧张显得似乎有几分可靠，冲淡了他面孔上那些令人不安的东西。他很有些才艺，在演示过给我看手相的才能以后，居然还去弹起了钢琴。那间小酒吧的钢琴，音准完全不对，他弹奏的手势也并不好看，笨拙的手指移动方式，显示出一个靠自学领悟的弹奏者驾驭乐器的努力。我记得他弹奏的应该是巴赫的《哥德堡变奏曲》。但是，这点技能已经足以在这个小小空间制造气氛。在他弹琴那会，罗与我说起他的过往，说他有一段惊心动魄的爱情。

他爱过一个女学生。在情感最充沛的时候，他甚至想过离婚然后与对方结婚。他搬出过家，直到他的妻子拿着那个女孩的照片，在女生宿舍一层层上楼、一间间敲门，找到那个女孩；直到他的妻子又一次孕育了一个孩子，挺着肚子宣告了对家庭的守护的最后胜利。

我再问时，他已经走过来了。

“所以，是怎么样惊心动魄的爱情呢？”我不依不饶地笑着追问。

“算了。”好脾气的罗说，“你知道这是他的隐私。他并不想说的。”

那个客人也害羞地笑：“是认真爱过的。”

“是啊。”罗接着说，“你当时还离家出走了吧？出走了多久？”

“嗯，总有两个礼拜吧。”

“后来呢？”我继续问。

“后来，我回去我的家庭了。我必须和她结束，对她对我都好。”他说。

“人都是有边界的。我尝试过了，知道边界在哪里了，以后，我就再也不想尝试了。”

“是么？打破边界的人，总还是会再打破的。”

我特别任性地对这个还算陌生人的客人下了结论。

我当时二十六岁，硕士毕业后却因为绝好的运气在一个高校做了老师。到交际的场合，我一贯会引起的赞美包括：你多年轻，你多可爱，你还那么有才华。在胶原蛋白极饱满和头发极浓密的人生巅峰时期，我心安理得地享受人们的好奇和美意带来的一切好处，包括爱护和殷勤。我不能免俗地会飘飘然，会自命清高，会觉得命运太善良给我铺就了多萝西被大风吹到的金色世界，在那里泡泡糖俱乐部和奶嘴协会的可爱孩子都会围着你舞蹈祷告和赞美。同时，即使面临再多的美意，我也不能言说我内心的空虚和担忧：我不能自信我有能力与他人建立亲密的联系，我不能确认我面对的人和感情真实的部分。人生总有内容让我觉得经不起推敲。那些细枝末节里透露的人性的自然让我厌恶，一方面我痛恨自己的敏感挑剔，另一方面我也总觉得是他人让我失望。独立生活的这些年，我唯一能全心寄放的依赖，只在莫可身上，只在她随时会为我敞开的柔软的肚腹上，只在害怕惊雷和黑暗的夜里，她在身侧的浅浅呼噜上。

过了几天，罗又带我去喝酒，在同一个酒吧。为什么只去那间小小的没有几张桌子的酒吧呢？是因为那间酒吧的老板娘分外美貌，所以即使酒贵一点，佐酒的小菜只有袋装拆出的海草、永远炸煳的鸡米花、口感完全不酥脆的爆米花，他们还是愿意去那一间酒吧。

那一次，又碰到了那个客人。他这次并未多在我们身边逗留。心不在焉地闲聊了一会面相理论以后，一群人突然说起来想吃日式煎饺，老板娘说外出去买。我们继续在吃东西，那个客人却在老板娘走后，非常自然地离开了。等了一刻钟有余，他们俩先后回来了，超市的购物袋拎在那个客人的手里。他还特别有心地给我带了几瓶苏打水回来，因为之前听罗说我酒量不行，要往调好的鸡尾酒内兑入苏打水再喝，而店内的苏打水刚好卖完了。

我用询问的眼神看了看罗，他心领神会地笑了笑。过了一会，我外出抽烟，罗也出来了。

我不能免俗地八卦，我问罗："所以，他们？"

"是啊，也就是近期的事情。上次他是第一次过来。"

"说好不再过界的呢？"我笑了，罗也笑了，是不置可否的、宽容的那一种。

此时，那位客人也掀开门帘，出来抽烟。我和罗停止了对话。我丢了烟蒂，刚准备离开，他又递送给我一支，笑着同罗说："可以把她借给我聊会天么？"罗进去了室内。

他又递送上打火机。当我低头凑上火苗的时候，我和他的脸相距不免太近。我抬起头，特别认真地笑问他："所以，女学生真的不联系了么？”

他脸上那些紧张的表情逐渐放松下来，几乎带有坦诚地同我说：“其实也还联系，很少，出差去她在的城市，会见面。”

“第一次去的时候，其实是没忍住，碰运气，想看看她是不是还住在那里，结果去了，她真还住在那里。那天运气好，她男朋友并不在。亲密的时候，觉得时间好像还停在过去。分开的时候，却知道一定要分开。”

“我离开以后，她给我发消息，说：‘老师，你要好好过啊。’我很难过，也很惭愧的。”

“真的再也不会过界了么，有过一次就够了？”

他用理解的眼神看我，他明了我的存疑甚至质询，他甚至像教导一个还不明了事理的孩子一般同我说：“你太年轻了，你怎么知道人有多难？爱，怎么能是说不能有就不能有的东西呢？”

我努力理解，不知道为什么，又分外难过。其实在这个时候，我全没有居高临下的判断，或者以自以为的聪明洞察刺破所有不真不善的偏执任性。我只是难过，也许是因为又想起了莫可。

我的狗真的丢了，我真的为她难过。这次我第二次，为着一只狗难过。第一次，在我的十一岁。那只狗的名字，叫做小松。

一切的预演发生在那个薄雾弥漫的清晨。在我的计划里，如果我能把小松带到学校藏起来，藏到我们搬家离开的那天，爸爸妈妈无法临时安置小松，就会带它一起离开。对他们来说，将它送人是可以接受的，但是将它抛弃应当是做不到的。我能想到这个办法是因为当时存在各种的机缘巧合，恰好有一个机会和空间安置我的狗。

我当时读书的那个镇上小学有一个特殊之处在于，五年级以后临近小升初考试的高年级学生，会搬到离本部五百米左右的一个独立的院落去读书，以提供更安静的读书环境。彼处有一排教室、一个大办公室和一个小型操场，可以满足基本的教学活动需要，午饭也由本部的食堂送过来。因为五年级和六年级加起来四个班，占用了四间教室，因此有两间教室是空余的，一间用来放一些书本杂物和体育用具，另一间完全闲置。我的打算是将小松安置在闲置教室里。我早先同娜娜商量过，觉得完全可以实现。我们提前一周开始，每天带一些杂物为小松搭铺，纸箱拆开垫在下面，上面铺上旧褥子，再铺上大毛巾。准备两只不锈钢的大碗，一只给它吃饭，一只给它喝水。娜娜带来的那两只碗大到几乎像小盆，她说需要那么大，因为小松是一只大狗。

小松是爸爸从朋友的狗场抱来的。那窝送去当警犬的小狗中，它被爸爸挑中带回家。与中庸的性格不相称的是，爸爸喜欢大型的狗。小松是他们所说的狼犬，其实，小松应该是德牧的类型。那会拥有一只漂亮的狼犬在镇上是稀罕事。小松的饭量惊人，但即使经济不宽裕的时期，爸爸从来都充分地满足它。因为一直养育得很精心，它皮毛光滑，牙齿健康，性情稳健。

最早想到带它走，是因为每天上学我骑车出门去学校的时候，它都会跟在后面跑很久，直到被我一再禁止才停下，看着我骑车远去，然后自己返家。我有一天突然想，如果不让它回去，让它一直跟着我跑，其实，跑到我的学校对小松是很轻松的事情。如果它能到我的学校，我把它保护起来，不让爸爸送人，我就可以带它走。

娜娜说："当然可以。"我总是很相信娜娜的话，因为她长得比我高，因为她六年级就已经是卷头发了——虽然她妈妈同人说是自来卷，但我相信那是她妈妈常去的美发店的产物，也因为她虽然没有爸爸，但是所有人包括她自己也并不在乎这件事情。

我和娜娜的友谊发生在我小学四年级的暑假。之前我一直听说她，但和她并不熟悉。她比我高一个年级，我对她的印象停留在每次校运动会，因为身高的优势总是做旗手的她那白色制服的金色绶带上和中筒袜裹起的结实漂亮的小腿上。又自在又自信的她，选中我作为至交好友也是一个谜。四年级的暑假，我报了学校的兴趣班学中国画，她在隔壁的电子琴班，因为她妈妈是音乐老师，也正是电子琴班的老师。那些简单练习曲对她来说是太容易的事，因此我课间去水池洗调色盘时，常常看到她躲懒在外面，有时身边有人，多数是自己一个人，喝着颜色鲜艳的橘子汽水。

我很好奇她每天都喝的同样的橘子汽水，直到她带我去那间橘子汽水的工厂，一处如查理叔叔的巧克力工厂一般令人震惊的所在。我看到作为奖励父母才给我喝的汽水，在一个小型的厂房，由一些边说边笑的、带着白色帽子的中年妇女灌装入瓶、机器封口、装入货筐。她笑嘻嘻地进去，同她们打招呼，自然不过地从筐里拿出两瓶汽水离开。那所工厂，离学校步行也不过十分钟的路程。在这个小镇的隐秘地图上，还藏着多少我不知道的秘密地点呢？娜娜总能带我发现惊奇。

第一件惊奇是一个恶作剧，或者一个秘密。她站在树荫下，我们如常地眼神交错了一下。她突然向我招手，我毫无抵抗地过去。她顽皮地笑，问我敢不敢推倒她身边的摩托车。我不知道那台摩托车是谁的，它看起来新得有点发光。在小镇上，拥有摩托车也是和拥有小松这样的漂亮狼狗一般的稀罕事。不知道那台摩托车是谁的，可是，它常常会出现在学校。它并不属于我们学校的任何一个老师，当然也不会属于任何一个学生。它有同它的主人一般张狂任性的劲头，好像可以开去任何地方。即使对原因一无所知，我也能感受娜娜对于这种堂皇的厌恶甚至愤怒。她问我："敢不敢一起推？"我毫无抵抗地点头。我们合力推倒车，一起狂奔离开。我们跑进学校教师宿舍的院子，圆形的洞门隔开了教学区和家属区。这应该是我第一次走进这里，可是我却又觉得熟悉。摩托车倒下的巨大声响被我们抛在身后，当我们跑到红色砖墙的阴凉一角停歇下来后，止不住地放声大笑。从来没有如此的肆意，心脏在剧烈地跳动像要奔跃出来，笑却止不住得甚至有泪。这事情不了了之，我听说校长约谈了几个顽皮小孩，但是娜娜和我显然安全脱身了。我以为秘密守护得完好，直到某天看到娜娜妈妈什么都知道的眼睛——一双好看的且疲惫的眼睛，和我的妈妈全不相同。她白皙的皮肤，秀美的轮廓，连孩子们都会喜爱的温柔话语和甜美香气，都不全像一个母亲。我既不能像对待一个母亲一样的人那样惧怕她，同时也不舍得冒犯她。不知道娜娜是以怎么样的心情对她的妈妈。娜娜在她面前总是乖的，穿她喜欢她穿的衣服，做她喜欢她做的事情，成绩一贯地出色。只是这样一些对母亲的满足和自我满足，对于娜娜来说，是否只是在填补现实生活不堪的缝隙，我是不能知道的。她脸上的一些无所谓和空洞，在夏日的树荫下召唤我过去的坦率和直白，午间灼人的日光在那辆崭新的摩托车上形成的镜面映射出的她变幻不安而最终坚定的表情，多年以后，总能印象鲜明地被翻阅。

同样可以印象鲜明地被翻阅的，还有关于小松的一切：手抚过它温热的身体，略带硬度的皮毛质感；它黝黑潮湿的鼻尖；它奔跑和跳跃时的敏捷；它特有的略带潮骚的气味；靠近你时，鼻息和身体的热乎乎的气息。那个薄雾弥漫的早晨，我出门时，小松照例跟随上来。我一直领着它，它一直奔跑，我们就这样到达学校。那天我出门太早，到达学校的时候，雾气甚至都还未被早晨的新日驱散。我从院门外伸手进去打开里面的插销，带了锈腥的铁门触感冰凉。我推开院门，让我的狗走进这个学校院落。它带着新奇走进这个从未踏入的领土，在操场上跑了两圈之后，被我唤着跟随到那排教室。我打开了那间空闲教室，把我的狗安顿好。不一会，门被轻轻推开，娜娜出现在门口。小松亲近地凑到近前，她从书包里掏出了给小松准备的火腿肠和装着满满白米饭的饭盒。早晨的第一缕阳光投射进来的时候，我的狗已经吃饱了愉快地躺在了它的铺盖上小憩。教室外，逐渐喧哗的走动声、讲话声、车铃声，提醒着新的一天的开始。此时，我还不知道这一天对于我生命的意义。

妈妈对于这次的搬家期待异常。每讲到搬家以后的生活，她开始变得多话，谈说具体，连要换什么样子的窗帘和被套都想得很周详，虽然她所说的那床被套一直被她珍藏着未舍得用。她还允诺我会有一个人住的房间，让我自己挑选墙纸，要装上一圈顶柜，足够放下我所有的书和杂物。柜子的颜色要选奶白色的，而不是人人家中都用的麦黄色的。说起这些，她脸上有易于激动的表情，皮肤微微涨红。而通常，她只能讲给我听，因为父亲对于这个话题的反应异常平静和冷漠。她过早地打包收拾，引起了一些奇怪的情况，比如很早开始，碗橱里就只剩下了三个碗和三双筷子。家里每天东西都在减少，而储藏室越塞越满。她似乎时刻准备着立刻把一切东西搬上搬家的卡车，立刻离开，对于我们熟悉的生活毫无眷恋。我并不清楚她和父亲之前的生活景象，但对他们来说，搬去县城生活并不是顶新鲜的事情，因为外公外婆住在县城。先前的印象里我每周都要和母亲一起回去过周末，只是后来不知为何，母亲不再愿意回去。何况，我们之前也是在县城工作和生活的。我出生在县城的医院，在县城读完幼儿园，小学二年级才转学到这所学校。为着晋升考虑，父亲选择这个镇上工作两年，积累基层工作的经历，不过本来的计划也是要回去的。我的一向大而化之、随遇而安的母亲对搬家这件事情的躁动不安，即使是童年的我也不能避免地感受得到。

转学这件事情丝毫没有给我不安。自小我都不算一个情感纤细的孩子，这一点像我的母亲，而不像我内敛细致的父亲。我长大后有时也惊叹南辕北辙的这两个人如何结合成了夫妻。父亲是每一件事都要精准安排的人，讲话慢言细语到逐字斟酌，他不会出错也厌恶他人出错。我的母亲和我是一般莽撞的，于是带着被责备的担心做事，又常常因为天性的不严谨和个性的疏忽反而更容易出错，因而被父亲指责，这在我家是常有的事情。我被责备了常常容易忘在脑后，而母亲给我留下的印象就是她面皮好像特别薄。她容易紧张，然后面孔就涨红开来，毛孔都变得粗大而清晰。母亲害羞起来全不动人，手和脚的摆放显得笨拙，她是扎扎实实地惭愧。这有时让人难过。

转学过来小镇的那天好像就在不远以前。我带着一整牛皮袋的奶糖，穿着过于白的花边衬衫和过于鲜艳的红色皮鞋走进那个教室。放学的时候，糖果已经被分得精光，而皮鞋的袢带在和孩子们玩作一团的时候被踩断了。这一切相比一个崭新的开始都无关紧要，像向往打开一个礼物的盒子一般奔向新鲜生活的我从来不知道告别或者留恋的伤感。而这次，我又面临了一次新的转学。

在那个面临离别的暮春初夏，平凡不过的那一天，薄雾里我带着我的狗离开。我并不和它最亲近但从未想过和它分离。我窝在颜色颓败的红色麻织布料单人沙发里看书的时候，它有时走过我，我有时顺手摸一摸它的耳朵后面。温热的柔软的脆弱的骨头，那样庞然大只的狗，也有这样温柔的部分。它微仰起头，我们的交流只有很短的时间。它恢复了抖擞后继续在家院前后逡巡，我埋头在我的小说里。我在爸爸的书橱搜寻一切能够读到的书籍，似懂非懂地吞咽下去。那几年我长得特别快，夜里睡着几乎都听到自己的骨头在拔节生长的声音。因为快速长高引起的腿疼困扰着我。夜里疼醒睡不着，起床喝水，路过庭院小松的狗窝，看到它警觉竖起的耳朵，继而又放松舒展。它不用转头看我，仅仅凭我的脚步气息就知道是我。对着衣橱不甚清晰的穿衣镜，可以看到且黑且瘦且高的我，面孔开始由圆而变为椭圆，眼睛很大，但完全谈不上好看。娜娜那样才好看，标准的白皮高鼻深目，和她美貌的母亲长得一样。

娜娜在人群中会捉住你，在一群女孩中，她是最好看的那一个。她自己也深知这一点。她自在的言行，只会放大这种好看，而不会毁坏想象。她很早成为我向往的那一种人，就是因为她似乎非常自然地接受了由女孩到少女的过程，似乎把各种元素做另一种排列组合一般轻易。她不需要经过抵抗，也几乎没有过犹豫彷徨。如此，我看着镜子里成长的我感到深深的陌生和畏惧时，如果能看到她，目光接上她的目光，这一切就不会那么难。蓓蕾一般的胸部的骚动，我惊恐到用母亲束腰的宽橡皮筋来裹住。在夏日的薄衫里，是娜娜洞察这一切。她带我走进那个圆形洞门，来到她的家中她的房间，轻描淡写地扯下那条有了汗酸味道的皮筋，递送给我她的纯白内衣，告诉我是她以前穿的，我现在正可以穿。她帮我扣上内衣背后的衣扣，指尖划过我的皮肤，微凉而温柔。这一切我的母亲并没有做，甚至在上一个夏天就可以发生的事情，直到在我与娜娜相熟的夏天才发生。那两年，母亲始终处于一种紧张，我却并不能知道原因。直到很久之后，当我真正可以作为一个成年女性和母亲交谈的时候，我才知道那通俗不过的原因当时如何困扰着母亲让她无暇顾及正面临着变化的我以及我所需要的一切帮助。母亲还在给我扎头发的中缝分得笔直的双马尾辫，夏天的时候编成双麻花辫，尾部一定是硕大到夸张的蝴蝶结。当我要求剪成齐肩的短发时，她甚至不能理解我是因为什么感到害羞。她始终是勤勉的母亲，会认真地做好每一餐饭。她会努力做好她理解范围之内一切有益家庭生活的事情，但她没有能力处理她理解能力之外或者还未做好准备的事情，比如一个孩子快速地成长为一个少女，比如一个丈夫不可避免的心移神易。

某次她带我回县城外婆家过周末，突然提前回来，遇到了不合时宜的访客，家中弥漫不可言说的气氛。她不敢直接与父亲谈论这个问题，似乎怕一旦谈论了就承认了某种事实。她极力避免变化，努力纠正生活中某种可能的错误轨迹。所以，那次搬家对她意味深长，而我需要更长时间才能理解这一切。

像父亲那样的男性，他想要什么呢？他想要一只狼犬，于是他在狗场挑来了最好的那一只；他想要升迁，于是他比同级别的竞争对手都快速果决地离开舒适习惯的环境举家下乡。他其实看不上身边的大多数人，于是他能让他自己在环境里总是处于相对优势的位置，如此他可以自得。那个时候的父亲，他想要什么呢？我也要在很久之后，当被能当作一个成年女性、一个像父亲的祖母一般可以被依赖的成年女性的时候，才能从父亲那里得到答案。

而这些答案，在那个初夏，是并不存在的。我感觉到一切的动荡不安：母亲的紧张、父亲的冷漠、我自己的懵懂冲撞。有另一个灵魂在我身体里开始茁壮，取代部分的我，不可抑制地生长。我也试图停留，捉住一切让我安宁的事物，比如停在娜娜的身旁，效仿她做一个女孩，比如留住小松，留住我和过去时间最直接的联系物。

安顿好了小松，反复叮嘱它不要跑出来。掩好门，和娜娜一起汇入人群，走进教室，开始上课。这一天与平常日子没有两样，又稍微不同。我们在教室等了好一会，老师都没有到。班长让我去办公室找老师，因为我是语文课代表，这一节是语文课。我们有一个面孔白皙、手掌很大的个子足够高的年轻的男老师做我们的语文老师。在院内的办公室没有找到他，我出了院门，向大校走去。这是一段平淡无奇的灰白色水泥路，路旁连树都没有，只有一些杂草，连着广阔的庄稼天地和农舍。只走了一半，看到了老师走过来的身影。我停住等他到面前，同他一起折返。一轮鲜红的朝日在我们一侧的天空、远处树木的轮廓之中升起。快到小院的门口时，老师停住，问我："听说你要转学了？"我仰头看他，老师对我亲切地微笑。他面孔的轮廓真是好看，像我们上课走神时在课本空白处画的《凡尔赛玫瑰》里的安德烈。一时间觉得老师长的也像娜娜，一般的白皮高鼻深目，好看的人果然都长得相似。班上很多女生喜欢他，我很有点不以为然，因为老师太温柔又太理想型的气质，而任何一个少女都很难被和父亲全不相同的男性吸引。

"是啊。"我喏喏。

"今天放学后，等一下老师。我找你有事。"

"好啊。"

"走吧。"老师突然语气轻松下来，仿佛刚刚讲话要费力气似的。

老师与我一前一后进了教室。三节课后，下课的时候，我紧跟着老师后面，第一个跑出教室去看小松。

我推开门却惊觉小松不见了。两个碗都空了，水喝完了，饭也吃完了，小松消耗食物的速度超出我的估算。我心内一阵收紧，赶紧跑出教室，一眼看到，小松正在小院操场旁唯一的一棵大槐树下游走。我飞奔过去，连声呼唤它。它看到我，也奔过来。我轻轻拽它脖颈的项圈，把它往教室的方向领。这会，大多数刚出来的学生都在操场另一侧厕所那儿，过一会，人多了以后，一定会有人看到它。我想在它被发现以前带它回到教室。它明显有些后缩，不情愿的停顿感透过项圈传达给我。我还是坚持领它走，它最终还是服从的。我轻轻摩挲它的耳后，把备好的鸡腿面包拆开给它，同时听到门外的声响。透过糊着报纸的窗户我看到各个班的值日生已经把从大校送来的保温桶往每个教室抬了。我从没有如此盼望加餐。我们上午的加餐一般都是包子、牛奶、蛋糕，这样也能给小松多留点食物。我叮嘱小松不要再跑，关上门，回到自己的教室。值日生已经开始分发食物了。得知当日发的是鲜肉包的时候，我一阵开心。我听到有人喊我名字，转头看到娜娜已经笑嘻嘻地站在教室门口。娜娜的出现引起我们班的男生一阵愉快的骚动。我过去她面前，她打开校服的外套，向我展示藏在里面的四五个包子。我惊讶："哪里来这么多，每一个人只有一个呀？"娜娜得意道："每天都会有，小松饿不到了。"

热腾腾的肉包在小松面前排成了一排，我和娜娜蹲着看它大口吞咽的样子。雪白的肉包瞬间消失在它棕黑色的嘴巴和粗大坚利的牙齿里，颇有几分凶狠。小松不是那种为可爱而生的犬类，它的身体矫健敏捷可以证明它和人类可以建立互助而不是乞舍的关系，就像小小的闲置教室并不是小松适合的空间，远离乡村和田野的县城家属小楼也不会是适合它的空间。我只是没法去理解这个事实。我以为旁人同我一般看到它如此吞咽只会心满意足，而不是心生畏惧。

这片刻安宁瞬间被打破，虚掩的门被推开。一个，然后好几个人跑了进来。几个尾随娜娜的男生是首先发现空闲教室的秘密的人。一个长着青蛙似的大嘴的扁头的男孩几乎是跳起来说："原来你们藏了只狗！"他们的兴奋和喧闹引起了小松低沉的警示的吼声。我努力让它平静，同时让他们离开。可是这群人对待一只狗，尤其一只在学校出现的狗的好奇并不能被轻易按捺下。于是，在娜娜的协调下，一种新的妥协产生了：他们排队来看我的狗，送上食物。如此这般，整个一天的课间，越来越多的人知道了小松的存在。他们大多以兴奋的心情来探视它，以过分的热情来围观它。当一天接近尾声的时候，我也愈加认识到，把小松不为人发现地关在这里十多天几乎是做不到的事情。

放学的时候，我第一时间去看小松，完全忘记了我和老师的约定。直到负责锁门的同学找到我，给我传话说："老师让你去大校的宿舍找他。"

那会值日生们已经打扫好了教室，陆续开始锁门，还有几个人缠着小松不肯离开。我拜托娜娜帮我把小松带到大校的操场上玩耍等我后，就赶紧去宿舍找老师。那个地方我后来跟随娜娜去了很多次。圆形洞门隔开的世界里，是在走下讲台的老师真实的人生。娜娜妈妈是单身很久的音乐老师，夏天刚来的时候，家门的最外面就钉上了崭新的细密纱门，不像我们家每年把旧的拿出来洗晒换上。我们面孔严肃的政治老师，他家走廊下总晾挂着各种腌制物。走廊往前，院子中间的庭院里，有许多盆栽和植物，有一排很长的水龙头的水槽是公共盥洗的地方。我走近时，我的语文老师正在那儿洗头。他个子不免太高，弯下腰凑在水龙头下洗头的样子很吃力。他穿着白色的背心，水池边上放了一条白毛巾。我看到清冽透明的水冲过我的语文老师黝黑的头发，看到他后颈上短短的发茬，有些水珠在上面晶莹透亮。这好像是我第一次认真打量一个男性，我连父亲也没有如此看过。他的头发，他的脖颈，都是真实存在的另一种身体的形态，我第一次认识到这种不同。我看到他的耳朵偏于狭长、轮廓舒展，耳孔是旋入的深不可测的所在。夕阳的光让他的耳朵呈现处于明暗之间的不同质地，并在鬓角投下阴影。有一瞬间，我几乎想伸出手去，摸一摸那只质感透明的耳朵。老师也会像小松那般欣然吗？只要一瞬，阳光被云遮住，它就立刻恢复平凡无奇的模样，淡淡的、缺乏血色的。充满想象的空间只要一瞬间就会被打破，像从豆荚树的高处跌落。我几乎是静默地站着离他有一些距离看着他，不发出声响。终于，他余光见到我。他把毛巾拿下来擦干头发，对我一如既往温柔和气地笑着。

他同我说："等一等我。"他进去屋内再出来时，穿了一件崭新的白色衬衫，新到连折叠在包装内的褶印还清晰留在上面。

"我们拍张纪念照吧。"说罢，老师领先走了。我稍微落后地跟在后面，小心地避开踩到夕阳下他的狭长影子的那种不敬。而我的影子，变形到胳膊和腿都分外长，几乎像一个成年人。

他带我去了小镇那个唯一的照相馆。这个照相馆我并不陌生，娜娜带着我游历的小镇隐秘地图上，就有这个照相馆洗照片的带着酸味的暗房。那里的年轻学徒看娜娜的眼神有我一般的崇拜。

我们并肩站在蓝色的丝绒幕布的布景前面。在镁光灯闪烁之前，老师突然将他的手放在我的肩膀上。也在这一瞬间，银色机械里冒出白色的闪光。那一刻留住在照片上的我的面孔上有些恍惚、有些迷惑，先前那些直率纯白的内容消失无影。

如梦游一般同老师一起回到学校。我去到操场找到娜娜的时候，她正与小松玩扔捡球的游戏。夕阳褪去最后一些光彩，暮色四合，我遥遥地看到娜娜抡起胳膊把球奋力扔出的身影，还有小松不知疲倦地迅速奔走的身姿。我迎上去，他们让我觉得如此熟悉、安宁，好像可以永远停在这里。然而即使那样年轻的我，也在那一刻恍然了解到了离别的真实来临和变化的不可控制。人生版图的星云变幻里，这才是刚开始的一幕场景。

那个圆形洞门里的世界，我并非不熟悉。甚至，在走进去等老师之前；甚至，在娜娜带我走进去之前；更甚至，在我和娜娜第一次推倒摩托车逃跑进去之前。年纪更小一些时，几乎是我刚转学过来读书不久后，我就进去过，是被父亲领着。他递送给我一本崭新的《十万个为什么》一辑中的一本。我坐在我的语文老师洗头发的、全是花木的庭院里看书，爸爸进去那个总有崭新的纱门的房间。记忆总停在夏天。我并没有不安，蝉鸣也并没有惊起焦躁。我内心异常宁静，甚至还能知道恐惧。我看到书中关于蛇的那一页会因为害怕快速跳去，因为那些图片太真实，比真正的真实还令人害怕。我去过的次数有多少，我不能记得。我记得的是我等待的时间足够多到最后看完了整整一辑十本的《十万个为什么》。那套书一套要四十元，很贵的，爸爸买了却并没有给我带回家；那套书，一直在娜娜的书架上，然而我不确定她有没有看过，或者知不知道我看过。我不知道她为什么选中平庸的我作为至交好友，我不敢去问；我不知道她为什么要推倒那辆摩托车，它是否属于她母亲的另一个爱慕者；我不知道她为什么选中我去一起推倒，是否与她的母亲相联系的一切内容中，她只能看似任性地做有限之事。看似无所畏惧的她，内心的恐惧并不少过我。可是不管起点如何，我是如此真实地依赖着她，如果我必须要依赖。在生命最初，一切还混沌的时候，我们最先学会的，是拥抱、是亲吻，是以水的形状将我们融入最可以亲近的人的身体。面对一个母亲，和面对一个爱人，是一样的道理。我试图逃避的、我无法确信的，被母亲忽视的我、被娜娜牵引的我，是在老师这里，是在这一刻，得到了明证。

这一天就这样结束了。我骑车回去的时候，小松跟在后面。我不用回头看也知道它在跟着，因为踏实有力的脚步落地声和有节奏的喘息声。我的头发飘起来像鸟雀的翅膀，我的脸上凉凉的，我想大概是眼泪，然而我不能确定。

当老师的手掌轻轻地落在我的肩头的时候，在那一瞬间，我的童年时光结束了。这是我同老师的第一张也是唯一一张照片。没过多久，我离开了那个小镇。我还是离开了小松，离开了娜娜，踏上了崭新的人生。我再也没有见过老师。有的人又爱娇又暴躁又无理，大声哭或者大声笑，不过是因为知道被爱罢了。可是我不会被惯坏。我知道了爱最早的样子，我知道什么是爱惜，知道人们会因为喜欢所以想好好爱惜。无数的伎俩和浮夸在眼前戏演，我可以配合演出、认真道谢，也会在矫揉造作的成人世界承认纯白岁月的最终远离。可是，我始终记得十一岁的夏天，那只叫小松的狗，它奔跑的姿态和湿漉漉的眼神。

后记

《譬若檐滴》距我上一本书出版已过去十二年了。这十二年，我写得不多，毕业工作，结婚生女，度过了一段平安的时光。2017年底，《现代快报》做狗年出生的作家专题，我当时刚恢复工作半年，忙于论文和项目，准备考博，其实无暇写作。接受采访时我说这十年我写得很少，是因为我发现自己无法处理写作之外的事务，所以我逃避了。其实在此之前，我以为写作对我来说是一种选择，我可以选也可以不选：因为学中文，因为开始写作也发现能写，就写了；后来觉得有困难——转型的困难、和新的杂志建立联系的困难，也就不写了。我想我还有一份工作，我去做一个老师，在我的课堂和学生一起思考讨论阅读和写作，也是好的，且更自由。其实，说起来写了十几年，但直到那时我都还没有能正视我和写作的关系。

写作，它不只是选择和被选择，它还需要一些力量。这世界上，任何你想正面承认你热爱的东西都需要一些力量去坚持并为之付出，回报不是凭运气来的。不然，那不是超脱，而是懦弱，是怕被拒绝，是怕失败，不是怕受制。去抵抗受制的方式也是做到，也需要力量。

《譬若檐滴》一书中的半数是 2018 年新写的，这本书让我相信我还可以作为一个写作者继续下去，并且也许更接近我所期望的那样。小说有了很大变化，不是因为年岁既长认识渐深，也不是因为技巧渐入佳境，而是我觉得我把力量和愿望写进去了。现在处理一个故事，我不会再用复杂的人物关系和情节以及预设的情境，只要把一切推至圆融动人足矣。我想慢一点，我不怕慢，我要多花点时间，给小说更多一点东西。

新书同名的短篇小说《譬若檐滴》就是如此，它表面看来是个通俗故事，源自我听说有个女老师，因为丈夫在外地工作，所以常常遭人滋扰，后来她跟校长建立了某种关系，就再也没人滋扰她了。《御碑亭》中的“避雨”一段让我想起这个故事，身在县城学校的窦氏，身在御碑亭内的孟月华，都有难于脱离的具体的困境。两个故事里都有一个作为旁观者的男性角色的存在，所以一开始我想写成一个互文故事，后来我选择了简化，是因为我不再着意文中的“我”和窦氏的关系。一方面，它会更真实，正如我们多数人无暇深切关注他人的人生；另一方面，我想从性别关系的纠缠里解脱出来。在这个小说里，故事的中心不再是妖女的流言或者“我”对她的欲念，而是美如何因其引发的占有欲而导致自身的悲剧。我想表达人们具体的经验、真实的困惑。在不同情境里的相似的女性的受制和理想的消亡，让这个故事更需要的不是冲突，是简净，而这种简净就是写作者可以去探寻的地方。

另一方面来说，收录在《譬若檐滴》里的新稿，也是我渐渐寻找到的新的写作内容和方式的呈现。长期的校园生活让我的生活相对闭锁，也让我一直担心我作为写作者的局限。但是，我应该看到，其实我也可能因此以另一种专注去开启对我更容易接近的世界的探索。

写作的冲动已异于少年时，我似乎失去了那种一气呵成的能力与灵心，变得钝感和缓慢，对于想写的人与事，有时会停留在思考的层面很久。想象力和轻盈感那种我曾认为对小说来说至关重要的东西，依然是我渴望的小说的质感，但我也不畏惧停留、盘恒，甚至繁复和求证。我写《水中的奥菲利亚》就是如此。以我所熟悉的大学校园作为背景，换一种视角切入看起来是非明晰的社会事件，以期获得与复杂的现实相匹敌的呈现。

我从去年开始，尽量每天记日记，怕自己会忘记。写作，也是怕忘记，忘记那些以为理所当然、以为始终会有、其实会在不知不觉中遗失的东西。

今年我独自携着幼女蛮在东京访学。时间向前翻，2015 年，蛮两岁，我刚刚从全身心专注的育儿中稍有解脱。一次蛮的爸爸开车载我回家，我对他说，我想去早稻田大学读书，我也说起向田邦子和井上靖。彼时，我觉得这个愿望离我很远，我找不到和它连接的方式，我无法离开家庭，它是我的前半生的唯一专注和梦想。

2017 年，我走出家庭，恢复工作，见到许多以往全然不知的景象，似乎才初学涉世，常常心怀忧惧。2018 年准备早稻田大学访学事宜，2019 年初成行，其间每有艰难时，蛮的爸爸总和我说："你觉得难，就回家。"可是，再多艰难我也不想放弃，并非因为想有所成就，而是不想再逃避。

这是我们认识的第十六年，婚姻的第十年。经历如巨兽吞噬灵魂般的动荡的人世波动，我们从未放弃过保护对方的心意。4 月 15 日，就在全世界为巴黎圣母院的大火惊叹的时候，他倒在玄武湖边的路面上，再未醒来。很多天后，东京的夏至夜，我站在住所的阳台上，看见天空有星，而飞蛾居然能挣扎飞上高楼。室内是我的孩子，睡得酣甜。这时我才第一次独立面对某种真实。

回到《譬若檐滴》，这十二年，我的逃避、我的勇气都在里面。写作对我来说，就是一种檐滴。这檐滴来自十多年前外婆那座在乡下的老宅。如今老宅早已拆除，但檐滴落到天井的青灰色砖石地面的声音却始终留存在我的记忆里，微弱却又明晰，在我写作时，挥之不去。这十二年的书写，可能也像另一种形式的檐滴，不多的，但始终存在，留有痕迹，我也希望那微弱声响在此时能被听见。我希望它后来是我的河流，甚至江海。我希望自己更有力量，并且因为具有力量而获得自由。